涼宮春日的嘆息
谷川流

我們是SOS團，
我們要拍電影了！

敲!
☆SOS
慶節目
へ~!?

惡魔的手漸漸逼近
戰鬥女服務生・實玖瑠!!

咦……!?
不要啊!!

今年最ㄏㄤ的話題之作
沒看的人
絕對會
後悔哦！
實玖瑠♡

朝比奈實玖瑠的
Episode
●導演／監督／劇本：涼宮春日
●主演：朝比奈實玖瑠　古泉一樹　長門有希
●場務打雜：阿虛

哇!
涼宮春日的嘆息
谷川流&いとうのいぢ
開麥拉!

涼宮春日的嘆息

谷川流

涼宮春日的嘆息

CONTENTS

封面、內文插畫／いとうのいぢ

序曲

看起來似乎沒有任何煩惱的春日，她唯一的煩惱就是「世界太平凡了」。

這傢伙所認為的「不平凡事物」就是超自然的事物，也就是說她對於「竟然沒有半個幽靈出現在我眼前」這件事是非常不以為然。

順便告訴各位，「幽靈」這個名詞可以用「外星人」或「未來人」或「超能力者」來替代，不過相信大家都知道，這種東西只有在虛構的世界裡才會出現在你眼前，在現實世界裡根本不存在，所以說，只要春日活在這世上的一天，她的煩惱就會永遠持續下去——本來應該是這樣的，但現實狀況卻讓我無法如此斷言，我也因此相當地困擾。

因為我就認識所謂的外星人、未來人和超能力者。

「我有重要的事情要跟妳說，妳好好聽著。」

「幹嘛？」

「妳不是一直希望有外星人或未來人，或者超能力者的存在嗎？」

「沒錯啊，那又怎樣？」

「也就是說，我們ＳＯＳ團的目的就是找出這樣的人，對吧？」

「光找出來還不夠，還要能一起玩才行。光是找到這樣的人還是欠缺畫龍點睛的效果。我想當的不是旁觀者，而是當事者啦。」

「我倒是只想當個永遠在一旁觀看的人……算了，也好，不過妳有沒有想過，那些外星人、未來人，甚至超能力者會不會根本就出乎意料的近在眼前呢？」

「啊？你指的是誰？你說的該不會是有希或實玖瑠，或者是古泉吧？如果是他們，那可一點都不算是『出乎意料』。」

「咦……啊……其實我原先就打算這麼跟妳說的。」

「你白痴啊？天底下哪有這麼好的事？」

「也對，一般想法是這樣沒錯啦。」

「那你說吧，誰是外星人？」

「妳聽了應該會很高興吧，那個長門有希就是外星人。要怎麼說才對呢？應該是統合什麼思念體……還是資訊什麼思念體之類的吧？總之就是類似這種感覺，什麼以外星人的意識偶然存在的東西。對了，是連繫裝置外星人，就是這個。」

「嗯，那實玖瑠呢？」

「朝比奈學姊就比較簡單了，她是未來人。因為她來自未來的時代，所以叫做未來人應該沒錯吧？」

「那她是從未來幾年後過來的？」

「這我就不知道了，她沒告訴我。」

「嗯嗯，我懂了。」

「妳真的懂嗎？」

「那也就是說，古泉就是超能力者囉？你打算這麼說吧？」

「沒錯，我正打算這麼說。」

「原來如此。」

春日邊說邊抽動著她的眉毛，接著慢慢地吸了一口氣，然後放聲大叫：

「耍什麼白痴啊！」

就這樣，春日把我用心良苦的真相告白當成屁在看待。這也難怪啦。就連他們三個人把自己是類外星人、未來人、超能力者的證據拿到我眼前讓我看，我都難以置信了，更何況要不曾親眼目睹的春日相信這些話，或許真的太強人所難了。

可是，我還能怎麼說呢？我說的都是貨真價實的實話啊。不要看我這副德性，我這個人的個性是在知道說謊沒什麼好處的時候，就會老老實實地說實話的。

其實春日也沒錯，就算有哪個好心的人跟我說「你認識的某個人其實是……」，我想我也會大罵「少胡說八道了」。如果真有人正經八百地跟我說這些話，我可能會認為那傢伙的腦袋出了問題，要不就是接收到有毒的電波，可能還會反過來為他感到悲哀呢。不管怎樣，我想我是不會跟講這些話的人有什麼交集的。

嗯？所謂的「那傢伙」不就是現在的我嗎？

「阿虛，你給我聽好。」

眼球表面燃燒著熊熊烈火的春日正瞪著我。

「不管是外星人、未來人，還是超能力者，他們是不會隨隨便便出現在我們眼前的！他們可是非得在發現之後，一把抓住脖子後吊起來，再將他們綁得死緊，防止他們逃跑這麼珍貴的人耶！我隨便挑選的團員怎麼可能全部都是那樣的人！」

真是高見，的確有道理。不過，請把某個人排除在外。其他三個人確實都是超自然現象的恩賜，但是我可是腳踏實地，在地球表面慢慢經過進化過程演化而來的，極度平凡而普通的人類哦！還有，這傢伙果真是隨便挑選團員的啊？

可是，這個笨女人為什麼只有在這種怪異的地方才這麼有常識？其實只要她肯相信我的話，一切都會比現在簡單得多了吧？至少SOS團這個變態的組織一定可以解散。因為這個社團本來就是春日為了尋找外星人等等（以下略）而成立的謎樣團體。只要找到她要的東西，這個社團就沒有任何用處了。剩下的工作就是讓春日一個人跟他們盡情地遊玩，我只要偶爾插個花就可以了。就像在猜謎節目中，站在主持人旁邊像白痴一樣傻笑的助理主持人角色就可以讓我感到滿足了。我很想早一點站上只要在旁邊吆喝起鬨的地位。因為現在的我就像一頭在動物表演秀中被迫表演的雜種狗。

不過，如果春日對所有的現象都有自覺的話，我可不知道這整個世界會變成什麼樣子。

順便告訴各位，開頭的那段對話是參加人數只有兩個人，由社團舉辦的第二次「SOS團市內閒晃篇（暫稱）」當天，我跟春日在車站前的餐廳裡的對話。我對春日會付錢一事絲毫沒有半點懷疑，一邊啜飲著黑咖啡一邊從容地為她做解說，春日卻完全不把我的話當一回事，說來倒也是，會相信這種事的人腦袋一定有問題。

至於我，我也沒有說明詳細的內情，因為這種事本來就是說得越詳細越容易讓人懷疑。因為這些話是出自被帶到長門的公寓去，聽到一長串意義不明、彷彿來自銀河電波對話的我口中，所以不需要懷疑。

「我不想再聽你講這種無聊的笑話了。」

春日用吸管將黃綠色的蔬菜汁吸光之後說道：

「那我們走吧！今天沒辦法兵分兩路，乾脆就到處晃晃吧！另外我忘了帶錢包出來，哪，這是帳單。」

當我看著共計八百三十圓的帳單，正思索著要怎麼抗議的時候，春日又一口氣喝光了我放在桌上的咖啡，丟給我一個感覺像是不接受任何異議的眼神，然後大步走出餐廳，站到自動門前面交抱著雙手。

那已經是半年前的事情了。回頭想想，我覺得這半年來好像老是遇到奇怪的事情。ＳＯＳ團的正式名稱依然是「讓世界變得更熱鬧的涼宮春日團」這個令人寒意直冒的名稱，我完全搞不懂這個社團到底讓世界的哪個地方更熱鬧了？我覺得熱鬧的好像只有春日一個人，而且社團存在的意義和活動方針依然是個謎，原本的目的好像是和外星人一起遊玩、綁架未來人，以及和超能力者共同戰鬥，但是對春日而言，到現在為止這個目標並沒有達成。

因為春日一直認為自己至今還沒有遇見過外星人或未來人、超能力者，所以會做出這樣的結論也是莫可奈何的事。我已經很好心地告訴她，除了我以外的ＳＯＳ團團員的真實身分，可她偏偏不相信這個事實，所以這應該已經不是我的責任了吧？

就這樣，ＳＯＳ團在沒有達成目的、失去存在意義的情況下，並沒有順利地就此解散。時至今日，仍然是不受校方承認的一個組織，繼續存活在社團大樓的某個角落。

理所當然的，包括我在內的五名團員仍然盤踞在文藝社的社團教室裡。學生會執行部基於各種層面考量，似乎決定不理會ＳＯＳ團，他們駁回了我提出的創社申請書，相對的，對我們非法佔用社團教室也沒多說什麼。或許是因為唯一的原文藝社社員長門有希並沒有任何異議，不過據我的推斷，應該是因為他們判斷與其對春日多費唇舌，不如假裝視而不見。

沒有人會冒險踩踏用世界通用文字寫著「一經踩踏會導致爆炸」，還閃著霓虹燈光的爆裂物吧？連我都敬謝不敏。早知如此，在開學之初，我就不該跟坐在我後面那個板著臉不發一語的女生講話了。

因為一不小心啟動了定時炸彈的按鈕，而落得必須抱著炸彈東奔西跑的蠢蛋普通高中生——這就是我現在被迫面臨的窘境。而且這顆寫著「涼宮春日」的炸彈並沒有顯示炸彈預定引爆的倒數計時時間。我不知道它什麼時候會引爆？會造成多大的傷害？裡面裝填著什麼？更重要的前提是，我甚至不知道這是不是真的炸彈？還是只是人云亦云，事實上只是個破爛的東西而已？

我再怎麼找也找不到危險物專用的垃圾槽，也就是說，這個人為的危險物就好像塗了強力黏膠一樣，緊緊黏在我的手上。

我到底該把它丟到哪裡好呢？

第一章

一般而言，學校總少不了會舉辦一些活動。而我就讀的高中在上個月也舉辦了運動會。當春日提出ＳＯＳ團要參加利用競技比賽空檔舉行的社團對抗接力表演賽時，我就已經感到難以置信，但接下來更誇張的是，我們ＳＯＳ團的成員在接力賽中竟然擊敗了田徑社、踢飛了橄欖球社，而跑最後一棒的春日，還以十三匹馬身那麼遠的距離，領先第二名抵達了終點。拜此之賜，原本只是被人們私底下偷偷議論的我們（除了我之外），就好像有人在上課時惡作劇按下了緊急逃生鈴，讓鈴聲響遍全校一樣，頓時在校園沸騰起來，著實讓我大傷腦筋。最大的責任當然要算到率先提議的春日頭上，但是跑第二棒的長門也大有問題。那只能用瞬間移動來形容的快速步伐簡直讓我無法忘懷。長門，妳好歹也事前知會我一聲嘛！

我問她到底是使用了什麼魔法，這個沒有笑容、由外星人製造的有機人工智慧使用了「能量準位」啦，「量子溢散」啦，不知什麼碗糕的單字企圖說明給我聽，但是這跟已經放棄理科之路，決定投向文科懷抱的我完全無關，我無法理解，也不想理解。

掀起狂風巨浪的運動會結束後，好不容易過了一個月，沒想到眼前又有校慶在等著。目前這個不起眼的縣立高中，正為校慶的準備工作忙得天昏地暗。雖然忙得暈頭轉向的只有老師和執行委員會的人，以及只有在這個時候才有發揮空間的文化社。

當然在討論社團表演節目時，完全沒有被認可為社團的ＳＯＳ團，並沒有被要求舉辦什麼具創造性的活動。如果可能的話，我是不介意到附近去抓隻野貓，把牠放進柵欄裡，附上「外星怪獸」的招牌來進行類似馬戲團的營利活動啦！不過我想那些缺乏幽默感的客人可能會介意；有點幽默感的人只怕也會訕笑而已。像這樣的活動根本沒有必要認真想什麼點子，也沒有必要考慮展現什麼樣的成果，甚至也不需要什麼動力。現實世界中的高中校慶其實真的很現實。如果你以為我在胡扯，那就隨便找個正在舉辦校慶的學校去看看就知道了。相信到時候你就可以真正地了解到，那不過是眾多校園活動之一而已。

話又說回來，我跟春日就讀的一年五班又會有什麼節目呢？其實還不是企圖用發表問卷調查的結果之類的粗糙企劃打算矇混過關而已。自從初春之際，朝倉涼子不知道跑到什麼地方去之後，這個班上就沒有任何企圖掌握領導權又頭殼壞去的高中生了。連這個沒啥創意的企劃也是岡部導師在沉悶ＬＨＲ（註：Long Homeroom的縮寫，冗長的班會之意）時間裡勉強擠出來的點子，就在既沒有人贊成也沒人反對的情況下，一直等到ＬＨＲ結束後就決定了。做什麼樣的問卷來發表？有誰會覺得做這種事有趣？我想大概沒有人會有興趣吧？不過事情就這麼決定了，大家加油囉！

就這樣，今天我仍然懷著有如冷漠症候群（Apathy Syndrome）的無力感走向社團教室。如果要問我為什麼要去？答案無他，當然是因為一個威風凜凜的女人走在我的身邊，滔滔不絕地講著——

「什麼問卷發表？簡直蠢到極點！」

這傢伙頂著一張冒火的表情說道。

「那種事有什麼好玩的？我實在完全無法理解！」

既然如此，那就提出一點意見來啊？妳不是也看到岡部老師呆立在氣氛像守靈夜一樣陰鬱的教室裡，不知所措的樣子嗎？

「算了，反正我也不打算參加班上的活動，跟那種人一起辦活動肯定沒有半點樂趣。」

但我倒覺得妳在運動會時，對得到綜合優勝的班上有莫大的貢獻呢。我一直以為在短、中、長距離賽跑和異程接力賽中跑最後一棒，而獲得所有優勝的人是妳呢！難不成那是別人嗎？

「那是兩碼子事。」

為什麼是兩碼子事？

「校慶是校慶，換個名詞叫學園祭。雖然公立學校很少稱為學園，不過無所謂。只要說到校慶，不就代表那是一整年裡最重要的超級活動嗎？」

是這樣嗎？

「就是！」那傢伙用力地點點頭，然後對著我，宣告以下的事情。

「我們ＳＯＳ團要做更有趣的事！」

涼宮春日的臉上綻放著彷彿在第二次的波埃尼戰爭（註：公元前三世紀到前二世紀期間，羅馬和迦太基為爭奪地中海的霸權而進行的三次戰爭）中決定要穿越阿爾卑斯山的漢尼拔（註：Hannibal，迦太基名將）般，毫無迷惘的明亮光芒。

雖然綻放著光芒，但是——

在這半年當中，春日口中的「有趣的事」，對我而言從來不是有趣的，最後總是以一身疲憊結束。至少我跟朝比奈都很疲累，不過這也表示我們是正常的人類。在我眼中，春日一點都不正常是全世界都有的常識，連古泉也不具有一般人類的精神狀態。至於長門，她甚至不是人類。

跟這些傢伙鬼混在一起，我要如何才能平安渡過這個異常到極點的高中生活呢？我不想再做出那種白痴般的行為了。光是回想起來——就很想借一把槍——再一槍打穿自己的太陽穴，甚至想將收藏著當時記憶的腦細胞給抽出來燒掉。雖然不知道春日是怎麼想的。

可能是因為我一直思索著如何才能將過去的記憶一掃而空，以至於沒有聽到旁邊那個囉嗦的女人在叨唸著什麼。

「喂，阿虛，你有沒有在聽啊？」

「我沒聽到，怎樣？」

「我在說校慶、校慶啦！你好歹也提起一點精神嘛！高一的校慶一年只有一次耶！」

「話是這麼說沒錯啦，但是也不需要這麼大驚小怪吧？」

「當然要大驚小怪啊！難得的校園活動，不炒熱一點還得了嗎？我所知道的學園祭大致上都是這樣的。」

「妳國中時做過很誇張的事嗎？」

「沒有，一點都不好玩。所以如果高中的校慶沒有好玩一點就太說不過去了。」

「什麼樣的感覺妳才會覺得有趣？」

「譬如鬼屋裡真的有妖怪，或者樓梯的數目在不知不覺中變多、學校的七件不可思議事件變成十三件，或者校長的頭變成三倍大的爆炸頭、校舍變形成機器人和從海上冒出來的怪獸戰鬥，或者明明都秋天了，季節的代表性用詞卻是梅花（註：日本習慣以「櫻花」代表春天，「金魚」表示夏天）等等之類的。」

因為我聽到一半就沒再注意聽了，所以在樓梯的數目之後她又說了什麼我一概不知。如果方便的話，還請各位告訴我一聲。

「……唉，算了，等到了校園教室再好好說給你聽。」

因心情不悅而陷入沉默的春日跨著大步，三兩下就來到社團教室的門前。原先貼在門上的「文藝社」看板底下，有著用圖釘釘著、以潦草的字跡寫著「ｗｉｔｈ　ＳＯＳ團」的字條。「我們已經在這裡待了半年了，要說這個教室是屬於我們的大概也沒人會反對吧？」春日擅自宣稱擁有教室使用權，而企圖換上正式的名牌，但我阻止了她。人啊，維持某種程度的謹言慎行是很重要的。

春日也不敲門就直接打開教室的門，我看到裡面站著妖精小姐。她的視線一和我對上，臉上便露出讓人誤以為是她百合花化身般的艷麗笑容。

「啊……兩位好。」

身上穿著女侍服，手上拿著掃把正在打掃的是ＳＯＳ團最引以為傲的茶水小姐——朝比奈實玖瑠學姊。她仍然一如往常，帶著像棲息在社團教室裡的妖精般的甜美笑容，迎接我的到來。或許她真的是妖精化身呢！我覺得與其說她是未來人，不如說是妖精還來得更貼切點。

創團時被春日以「我想我們需要一個吉祥物」這種意義不明的理由就給硬拖過來的朝比奈，事後又在春日的強行要求下，莫名其妙地被迫穿上女侍服，從此她就儼然像個ＳＯＳ團專屬的女侍一樣，每天放學後在這裡化身為完美的女侍。這不是因為她是一個腦袋螺絲鬆掉的怪人，而是因為她是一個讓我幾乎感動落淚的老實人。

朝比奈為了我們社團扮過兔女郎和護士，還有其他各種角色，但是我覺得女侍的打扮還是最適合她。說得更明白一點，因為她這種打扮沒有任何意義，也沒有任何伏筆，所以我希望她可以保持下去。我順便要聲明一點，其實春日的所作所為鮮少具有任何意義。

不過她的所作所為卻經常成為某件事情的原因，讓我們經常感到困擾。因為完全沒有意義反而比較好。

而行事如此脫序的春日曾做過的極少數正確的事情——說來其實也只有這麼一件——就是朝比奈女侍版。因為太過適合她了，甚至讓人產生一種暈眩感。唯有這一件事，我不得不對春日的怪點子給予正面的評價。我不知道她是花了多少錢在什麼地方買來的，不過春日對服飾方面的美感確實有兩把刷子。可是我想朝比奈不管穿上什麼衣服，一定都會成為稱職的模特兒吧？當中我最中意的就是女侍的打扮，總之，就能讓我的眼睛吃冰淇淋這一點來看，這樣的打扮是挺有意義的。

「我馬上去泡茶。」

輕聲細語到惹人憐愛的朝比奈將掃把放進掃除用具櫃裡，便慌慌張張地跑向壁櫥，開始拿出每個人專用的杯子。

側腹突然遭受硬物猛然一擊，回過神來時才發現自己吃了春日的一記拐子。

「你的眼睛瞇得像線一樣細哦。」

可能是朝比奈可愛的舉動太讓我感動了，我的眼睛很自然就瞇成了一條縫。我相信每個人會有同樣的反應——如果他們看到可憐又優雅，又帶著幾分羞澀感的朝比奈的話。

春日從放著寫有「團長」二字的三角錐牌子的桌上，拿起一個寫著「團長」的臂章戴起來，再將鋼管椅一腳踹開之後，睥睨著社團教室內。

另一個團員正坐在桌子的一角看著一本厚厚的書。

「…………」

連頭也沒抬，專心一意默默地看著書的，正是以春日的口氣來形容就像是「搶佔社團教室時附送的禮物」一樣的文藝社一年級生長門有希。

她是一個存在感像大氣中的氮氣一樣稀薄，然而在所有成員中卻最具有離奇古怪特質的同年級生。她被設定的離奇古怪特質堪稱凌駕春日之上。春日這個人我是從頭到尾都不了解，對於長門我是一知半解，但是這反而讓我感到更加混亂。如果長門所言屬實，那麼這個同時具備不多話、面無表情、不帶感情、缺乏感性等四大條件的短髮嬌小女學生就不是人類，而是由外星人製造，專門用來與人類的溝通機器了，這種說法讓人聽起來實在很令人「霧剎剎」。但是既然她本人都這麼說了，我也不想再追問，而且看起來好像是真的。但是這件事是瞞著春日的，因為目前春日只把長門當成一個「有點奇怪的書呆子」看待。

雖然以客觀的角度來說，並不是「有點」而已。

「古泉呢？」

春日用銳利的視線看著朝比奈。朝比奈瞬間抖了一下，然後說道：

「那、那個……他還沒到，還真的有點慢呢……」

朝比奈小心翼翼地將茶葉從茶筒拿出來，放進小茶壺裡。我漫不經心地看著社團教室角落的吊衣架。各式各樣的衣服吊掛在上頭，就像戲劇社的休息室一樣。從左邊起依序是護士服、兔女郎服、夏季女侍服、浴衣、白衣、豹皮衣、青蛙絨毛布偶裝，還有看起來不明所以的莫名其妙服裝等等。

這些衣服都是這半年來接觸過朝比奈炙熱肌膚的衣服。我再說白一點吧！讓朝比奈穿這些衣服根本沒有任何意義可言，只是為了完成春日的自我滿足而已。或許是小時候受過什麼心靈創傷吧？譬如得不到想要的換裝娃娃之類的，所以到了這把年紀才利用朝比奈來大玩特玩。拜此之賜，朝比奈的心靈創傷以現在進行式如火如荼地擴大當中，而我也得以大飽眼福，充滿了幸福感。唉，整體來說，我覺得從中獲得幸福的人好像不少，所以決定不再多說什麼。

「實玖瑠，茶！」

「啊，是！馬上來。」

朝比奈以慌亂的動作將綠茶倒進用麥克筆寫著「春日」的茶杯當中，放在端盤上靜靜地端過來。

接過茶杯的春日呼呼地吹著熱氣，啜了一口茶之後，發出像責怪弟子不夠機靈的花道（註：插花的花道）師父一樣的聲音。

「實玖瑠，我記得之前跟妳說過了，妳忘了嗎？」

「啊？」

朝比奈不安地緊抱著端盤。

「什麼事？」

她像一隻正在回味昨天吃過的麻糬的斑紋鳥似的歪著頭。

春日將茶杯放到桌上。

「端茶來時，每三次至少要有一次不小心把茶杯打翻才行！妳這樣一點都沒有笨拙女侍的樣子！」

「啊，哦……對不起。」

朝比奈縮起她那纖細的肩膀。我還是第一次聽過這種規定，這傢伙難道認為女侍都是笨手笨腳的嗎？

「現在剛好有機會，實玖瑠，妳拿阿虛做練習。端茶的時候要把茶杯從他頭上倒下去。」

「啊？」

朝比奈說完後看著我。我想找把電鑽在春日的頭上打個洞，把她裡面的內容物換一下，可

是很遺憾，我什麼都找不到，只能空嘆息。

「朝比奈學姊，春日所說的玩笑只有頭殼壞掉的人才聽得懂。」

請努力學習吧！我本來想再加上這一句的，後來決定作罷。

春日聞言吊起眼睛。

「那邊那個笨蛋，我可沒開玩笑！我做事永遠都是認真的。」

那就更有問題了，妳可能必須去做電腦斷層掃描喔。另外，被妳批評為笨蛋讓我感到非常生氣，是因為我缺乏幽默感嗎？

「算了，我來示範一下，然後實玖瑠實際操練一遍。」

從鋼管椅上一躍而起的春日從支支吾吾、不知所措的朝比奈手中一把搶過端盤，拿起小茶壺，開始往寫有我名字的茶杯裡倒茶。

當我愕然地看著這一幕時，春日一邊粗魯地濺著茶水，一邊將茶杯往端盤上放，然後盯著我所站的位置，點點頭作勢就要走過來，我從旁一把搶過茶杯。

「喂！別妨礙我做事！」

什麼妨不妨礙啊，要是有人在別人企圖將熱水從自己頭上往下倒時，還呆呆地等著人家為所欲為的話，那這個人要不是爛好人，就是想詐領保險金。

我就這樣站著喝下春日所泡的綠茶，心裡想著，為什麼同樣的茶葉，朝比奈幫我倒的味

道跟春日倒的就差這麼多？其實根本不用多想，這是因為一種名為「愛情」的調味料造成的差別。如果朝比奈是綻放在野外的白玫瑰的話，那麼這傢伙一定就是連花都開不出來，只有滿枝荊棘的特種玫瑰了，所以當然也結不出果實吧？

春日帶著責備的眼神看著默默喝茶的我。

「哼。」

她用力地將頭髮一甩，回到她的團長椅上。嘶嘶嘶，她臉上的表情就像喝著剛煮開的苦藥一樣。

朝比奈彷彿鬆了一口氣似的重新啟動她的服務機制，將茶倒在長門專用的杯子裡，並放到讀書少女的面前。

長門動也不動，只是默默地埋首於精裝書中。妳多少有點感激的表示吧！換成谷口的話，可能會花上三天的時間才捨得把它喝完呢。

「……………」

長門只是翻著內頁，頭抬也不抬一下。她平常就是這副德性，所以朝比奈也絲毫不以為意，開始準備自己專用的茶杯。

這時候就算沒來也沒有人在意的第五個團員現身了。

「對不起，我來遲了。因為課外輔導的時間延長了。」

綻放出人畜無害的微笑光芒，並打開門的是春日口中所說的謎樣轉學生古泉一樹。他那張就算我有女朋友也不想介紹給他認識的俊俏臉龐帶著微笑。

「看來我是最後一個到的。如果因為我的遲到而使得會議無法開始進行，那我在此鄭重向各位道歉。或者請各位吃些什麼東西會比較好一點？」

會議？什麼東東啊？我可沒聽說過這個玩意兒。

「你不說我真的忘了。」

把臉撐在桌上的春日對我說：

「午休時間我通知大家了，我想反正隨時都有機會跟你說的。」

為什麼明明有時間跑到別的教室去，卻連把消息告知在同一間教室、還坐在妳前面的我的手續都省略了？

「有什麼關係？反正是同一件事。問題不在什麼時候聽到，而是現在要做什麼事。」

她就是這張嘴巴會說話。反正不管春日做什麼，我的心情都不會有一絲絲的好轉，這是眾所周知的事。

「更重要的是，得想想今後要做什麼才行！」

到底是現在式還是未來式拜託妳說清楚好不好！而且主詞到底是指誰也搞不清楚。

「當然是我們所有團員啊！因為這是ＳＯＳ團的活動。」

什麼活動？

「剛剛不是說過了嗎？在這一段時間內可以用活動稱呼的，除了校慶還會有什麼？」

如果是這件事，那就不只是團內的活動，是整個學校的活動。如果真的那麼想把校慶搞得有聲有色的話，乾脆去當執行委員後補人員不就好了。到時候肯定會有接踵而來做不完的雜事好忙吧？

「那就沒什麼意義可言了。我們還是得做點有ＳＯＳ團味道的活動才行！好不容易才讓我們的社團成長到這種程度耶！我們這個社團可是全校無人不知無人不曉的耶！你明白嗎？」

所謂有ＳＯＳ團味道的活動是什麼？我回想這半年來ＳＯＳ團所舉辦的活動，不禁感到有點憂鬱。

妳不過是隨口把臨時想到的事情說出來而已，當然很輕鬆，可是妳知道我跟朝比奈有多辛苦嗎？古泉只知道圓滑地傻笑，長門則是一點忙也幫不上，至少也要為身為一般人的我考慮一下嘛！啊，朝比奈或許也不是很正常啦，不過因為她長得可愛，還算ＯＫ。因為她只要站在那邊就可以讓我大飽眼福，安慰我那荒蕪的心田。

「我們得做些符合大家期待的事情才行。」

春日面有難色地嘟噥著，但是請問一下，到底有誰會對ＳＯＳ團有所期待？這才是應該做問卷調查的事情吧？不要說成長了，ＳＯＳ團目前的地位不但還沒有從同好會升格上來，而且成員也沒有增加。不過增加成員反而會更麻煩，所以保持原狀倒還好，但是如果再這樣下去，脫軌的春日特快車，總有一天會滑到軌道外頭去的。而乘客只有我們五個人，至少幫我找個可以取代我的代罪羔羊吧？不然付個時薪給我也可以，就算一百圓也行。

花三十秒就把第一杯茶喝完的春日跟朝比奈要了第二杯。

「實玖瑠班上呢？有什麼計畫嗎？」

「嗯……妳是說我們班嗎？我們要賣炒麵還有茶……」

「實玖瑠一定是當女服務生吧？」

朝比奈瞪大了眼睛。

「妳怎麼知道？本來我是想負責掌廚的，但是大家都要我……」

春日又露出若有所思的眼神，就是那種準沒好事的眼神。她的眼睛對著吊衣架的方向，再再說明了她想到還沒有讓朝比奈穿過女服務生制服的事。

春日帶著深思的表情。

「古泉的班級呢？」

古泉眉毛一挑。

「目前決定要演舞台劇，但是班上同學的意見非常兩極化，有人想演原創劇本，有人想演古典劇。校慶都快到了，到現在還爭執不下。兩方人馬引起一場激戰，只怕還要花上一段時間才能塵埃落定。」

啊，有活力的班級果然比較好，雖然麻煩了點。

「嗯。」

春日那在半空中游移的視線，射向到目前為止唯一不發一語的團員。

「有希呢？」

喜好閱讀的類外星人，彷彿像感受到雨勢即將來臨的草原犬鼠般抬起頭來。

「占卜。」

她以一如往常般不帶感情的聲音回答道。

「占卜？」

忍不住反問的人是我。

「嗯。」

長門帶著甚至連皮膚都沒有在呼吸的平板表情點點頭。

「妳負責占卜嗎？」

「嗯。」

長門要占卜？會不會是預言？我想像戴著黑色尖頂帽、披著黑色斗篷的長門手上拿著水晶球的模樣，幻想著她對一對情侶鐵口直斷地說「你們將會在五十八天三個小時又五分鐘之後分手」的景象。

妳好歹也摻幾句好聽一點的謊話吧！唔，雖然長門是否真能預知未來，是另一件我無法確定的事情。

朝比奈開模擬商店，古泉表演戲劇，而長門的班級則要舉辦占卜大會？怎麼別班的活動聽起來都比我們班那種死氣沉沉的問卷活動有趣好幾倍啊？對了，妳看這樣如何？我們把這些元素全部集合起來做戲劇占卜茶會如何？

「別說那些白痴話了，立刻開始進行會議。」

春日一腳踹飛了我寶貴的意見，走向白板。她將長得像收音機天線般的指揮棒拉長，砰砰砰地敲打著白板。

上頭什麼都沒寫，要我看哪裡啊？

「待會兒就會寫了。實玖瑠，妳負責記錄，把我所說的話清清楚楚地寫下來。」

不知道什麼時候朝比奈又成了記錄者了？我想恐怕沒人知道吧？因為那是春日剛剛才決定的。

茶水工兼記錄的朝比奈，拿著水性筆坐到白板旁邊，抬眼看著春日的側臉。

於是春日冷不防地用得意的聲音說道：

「我們ＳＯＳ團將舉辦電影試映會！」

我實在不明白春日的腦袋到底是怎麼切換思路的。其實這倒無所謂，反正她一向如此。可是，這麼一來，這就不是會議，而是妳個人的信仰表態演說了吧？

「不是一向都如此嗎？」

古泉對著我低聲說道，臉上還帶著幾乎讓人忍不住要把它畫下來的迷人微笑。優雅地咧開端正的嘴唇的古泉說：

「涼宮同學好像一開始就已經決定好要做什麼了，所以我想大概沒有商量的餘地了。你是不是跟她說過了些什麼不該說的？」

原本跟電影相關的話題應該都跟今天無緣的才對。是不是她昨天深夜看了一部低成本製作的C級電影，因為太過無聊了，所以不知道怎麼發洩那種情緒？

但是春日卻深信自己的演說會感動所有的聽眾，顯得非常興奮。

「想必大家經常都會產生疑問吧？」

我對妳的腦袋會產生疑問。

「電視連續劇之類的節目在完結篇時，經常會上演劇中主角死亡的情節，但是這其實是很不自然的，不是嗎？為什麼會死得那麼剛好？太奇怪了。所以我很討厭在結尾的時候有某個人死亡的劇情。要是我，才不會拍出那種電影呢！」

到底在講電影還是連續劇？

「我不是說要拍電影嗎？連古墳時代（註：約公元３００年至６００年左右的時間）的土偶的耳朵洞都比你還大，把我所說的一字一句都仔仔細細地記下來。」

與其記住妳那些垃圾廢話集，不如把附近鐵路沿線的站名從頭到尾背下來還有意義得多。

看到朝比奈用難以相信她本來是書法社社員的圓圓胖胖字體寫著「電影上映」幾個字，春日滿意地點點頭。

「就是這樣，明白了嗎？」

「就是這樣是怎樣？」

春日帶著彷彿確定梅雨將停的天氣預報人員般的開朗表情說道。

我問道，那是當然會有的疑問吧？我只聽懂電影上映幾個字。她打算去哪裡找片商啊？難不成她有認識的片商？

然而，春日卻閃著她那烏黑的眼珠，綻放燦爛的笑容說道：

「阿虛，你的智商是不是有問題啊？是我們要拍電影，然後在校慶上放映。在片頭要放上Ｐｒｅｓｅｎｔ　ｂｙ　ＳＯＳ團！」

「這裡什麼時候變成電影研究社了？」

「你鬼扯些什麼！這裡永遠都是ＳＯＳ團！我不記得有什麼電影研究社的。」

春日不屑地說出如果讓電影研究社的傢伙聽到絕對會不爽的話。

「這是已經決定好的事。一事不二審！司法交易一概不予受理！」

既然ＳＯＳ團的陪審團團長這麼說了，那大概就不會被推翻了吧？到底是哪裡來的傢伙把春日推上團長寶座的……還沒想清楚，我才猛然想起，是這傢伙自行坐上去的。因為不管在什麼世界裡，聲音大的傢伙和懂得擺架勢的傢伙，總是會越來越自以為了不起。拜此之賜，我跟朝比奈這種容易隨波逐流的好人，往往就會感到迷惑，這是冷酷無情的人類社會的矛盾之處，也是一種真理。

正當我針對何謂理想的社會制度這種意義深遠的主題專心思考時——

「原來如此。」

古泉用好像什麼都了解的語氣說道。他將微笑平均分配給我跟春日，笑著說：

「我明白了。」

喂，古泉，不要直接接受春日投下的信口開河炸彈啊！難道你沒有屬於自己的意見嗎？

古泉用手指頭將瀏海輕輕一撥。

「也就是說，我們自行製作拍攝電影，然後吸引客人前來觀賞，對吧？」

「就是這麼回事！」

春日將「天線」往白板上敲了敲，朝比奈倏地一縮。不過朝比奈還是鼓足了勇氣：

「可是……為什麼決定要拍電影呢？」

「昨天晚上，我有點難以入睡。」

春日把天線拿到眼前，像雨刷似的擺動著。

「所以我打開了電視，結果看到一部奇怪的電影。原本是沒啥興趣的，但是又沒事做，所以就姑且看了一下。」

果然。

「那真是一部無聊到極點的電影，無聊到我真想打惡作劇的國際電話到導演家去，於是我就想到這個點子。」

指揮棒的頂端戳著朝比奈嬌小的臉龐。

「連這種電影都有了，那我一定可以拍得比他更好！」

春日自信滿滿地挺起胸膛說道：

「所以我才想要試試看，你們有什麼意見嗎？」

朝比奈彷彿十分害怕似的搖著頭。就算有意見，朝比奈恐怕也說不出口，而古泉是個只會點頭說ＹＥＳ的人。至於長門，她平常就不說話，所以這個時候必須說些什麼的必然都是我。

「妳似乎有志當個電影導演或者製片，沒關係，那是妳的前途，妳大可依自己的喜好去做。這麼說來，我們也可以按照自己的希望和意思去做囉？」

「我不懂你的意思。」

春日的嘴巴嘟得像鴨子一樣尖，我發揮極致的耐心分析給她聽。

「妳說想拍電影，但是我們什麼都還沒有說。如果我們不喜歡這個提議的話怎麼辦？只有導演是拍不出一部電影的。」

「你放心，劇本我大概都想好了。」

「不是，我想說的不是這個意思……」

「沒什麼好擔心的。你只要跟著我做就對了，完全不需要擔心。」

我是很擔心。

「所有的計畫都交給我，由我包辦所有的事情。」

這讓我更加擔心。

「你真是一個囉嗦的傢伙耶！我說要做就是要做。目標是校慶最佳活動票選第一名！搞不好這麼一來，那些不懂事的學生會就會認同ＳＯＳ團是正式的社團了——不！我一定會讓他們認同的。為達成這個目的，首先就要讓輿論站在我們這邊！」

輿論和投票結果可不一定成正比哦。

我試著反抗。

「製作費從哪來？」

「如果你說的是預算，我們有。」

在哪裡？我不認為學生會會把預算分配給這個明明是地下組織，卻又堂而皇之地公開從事活動的社團。

「不是有分配給文藝社的預算嗎？」

「那是文藝社的預算啊！妳可以動用嗎？」

「可是有希說沒關係啊。」

真有她的。我看著長門的臉，長門以緩慢的動作抬頭看著我，然後什麼話都不說，又慢慢地埋首回她的書本中。

難道真的沒有其他任何人想加入文藝社嗎？我沒打算問這個問題，就算長門事先暗中處理，將文藝社逼到幾近廢社的地步也不是什麼不可思議的事情。這傢伙好像早就知道春日打的如意算盤了，要是有新生想加入文藝社的話就太可憐了。真希望有人可以把本來的文藝社從春日手中搶回來。

春日沒看出我心中的想法，兀自興奮地揮舞著手上的天線。

「大家都清楚了吧？要把這邊的工作看得比班級的節目重要！要是有什麼反對意見的話，等校慶結束之後再說。可以嗎？導演的命令是絕對的！」

如此激情吶喊的春日，就像在酷夏裡拿到冰塊的動物園裡的黑熊一樣，眼中再也看不到其他東西。

做完團長又變導演？最後她打算做什麼工作啊？……可別跟我說要當神哦。

「那今天就到此為止！因為我得想想角色分配和贊助者的事情。製片可是有很多事情要忙的。」

我是不清楚製片到底都做什麼工作啦，不過這傢伙到底想做什麼啊？贊助者？

碰！

一個巨大的聲音響起，我回頭一看，只見長門闔上了她的書本。剛剛那個聲音就成了SOS團今天結束營業的信號。

詳情明天再討論。春日丟下這句話之後，就像聽到打開貓罐頭聲音的貓兒一樣，一溜煙地跑走了。其實好像沒有什麼事情需要聽詳情的。

「這樣不是很好嗎？」

說這種話的絕對是古泉。

「只要不是抓外星怪獸開雜耍團，或者擊落UFO展示它們的內部構造之類的事情，那我就安心了。」

這些話我好像在哪裡聽過。

這個微笑超能力者嗤嗤地抿嘴笑著。

「而且我對涼宮同學想拍什麼電影倒挺有興趣的，我覺得好像多少可以想像得到。」

古泉斜眼看著正在整理茶杯的朝比奈說道。

「可能會是個愉快的校慶吧，真好玩。」

受到他的影響，我也把視線投向朝比奈。正當我們定定地看著她頭上輕快地晃動著的髮飾時——

「啊！你、你們在看什麼？」

發現到兩個臭男生正盯著自己看的朝比奈，停下了手邊的動作紅著臉問道。

我在心中自言自語著。

不，沒什麼。我只是在想，接下來春日會帶什麼樣的衣服來？

做好回家的準備——講是這樣講，其實也只是把書本放進書包裡而已——長門無聲地站起來，無聲地從洞開的大門走出去。難不成長門剛剛看的就是跟占卜相關的書籍？因為她看的是洋文書，我根本看不懂啊。

「可是啊——」我嘟噥著。

電影……電影啊。

老實說，其實我也有些興趣。當然沒像古泉的興趣那麼深，頂多只有大陸棚（註：大陸棚是海底地形中最靠近陸地的部分，深度大概以２００公尺為界線。從陸地上的河流所帶下來的粗顆粒沖積物會堆在這個區域）那麼深而已。

或許我至少該抱著一些期待吧？

因為反正也沒有人會期待。

我收回前面所說的話，我什麼都不期待。

第二天放學後，我嚐到了苦果。

・製作著作……ＳＯＳ團

・總指揮／導演／監督／劇本……涼宮春日

・女主角……朝比奈實玖瑠

・男主角……古泉一樹

・配角……長門有希

・助理導演／攝影／編輯／綑工／跑腿／打聽／其他雜務……阿虛

看到寫著這些內容的筆記內頁，我只想到一件事。

「那麼我該負責什麼工作？」

「就像上面寫的呀。」

「你是幕後工作人員，角色分配如上面所寫。這是一個陣容十分堅強的卡司，對不對？」

春日像樂隊指揮似的揮舞著指揮棒。

「由我主演嗎？」

用細小的聲音詢問的朝比奈，今天沒有穿女侍的衣服，只穿著平常的制服。是春日說可以不用換衣服的。看來她待會兒不知道會把朝比奈帶到什麼地方去。

「如果可以的話，請給我一個不起眼的角色……」

朝比奈面有難色地向春日懇求。

「不行。」

春日回答。

「我就是要捧實玖瑠，因為妳就像本團的註冊商標一樣，現在妳只要努力練習簽名就好了。我相信在試映會時，觀眾一定會要求妳簽名的。」

試映會？她打算在什麼地方做這件事啊？

朝比奈似乎感到很不安。

「……我不會演戲。」

「不用擔心，我會好好地指導妳的。」

朝比奈戰戰兢兢地抬眼看著我，悲傷地垂下了睫毛。

目前在場的只有我們三個人，長門和古泉因班上舉行的活動討論會議而來遲了。我從來沒想到會有人在放學後留校做準備。其實只要隨隨便便敷衍一下就可以了，沒想到認真看待這件事的班級還不少呢。

「話又說回來，有希和古泉也未免太不認真了。」

春日以怒氣無處發洩似的語氣，將矛頭指向我。

「我明明說過要以這邊的活動為優先，他們竟然為了自己班上的活動而遲到，我必須嚴重警告他們。」

應該是說長門和古泉對班級的歸屬意識比我跟春日要強吧？從某方面來說，這種時候還待在這種地方的我們三個才是比較奇怪的。

我突然想到一件事。

「朝比奈可以不用參加班上的會議嗎？」

「嗯，我只是負責服務的工作人員，剩下的工作就只要調度服裝就好了。也不知道要穿什麼服裝？我有點期待呢。」

羞澀地微笑著的朝比奈似乎已經很習慣角色扮演。與其和ＳＯＳ團扯上關係，被迫無意義地穿上無意義的衣服，不如在適合的場所做適當的打扮吧？炒麵店裡出現女服務生是很正常的事情，比文藝社社團教室裡出現女侍更具合理性。

可是也不知道春日是怎麼做擴大解釋的。

「什麼話，實玖瑠，原來妳那麼想當女服務生？既然這樣早說不就得了？這太簡單了，我會幫妳找制服來。」

妳要無的放矢無所謂，但是出現在文藝社社團教室的成員除了制服之外，穿任何衣服都不適當吧？之前的護士也有可議之處，既然要穿，我覺得還是女侍服最好……這純粹是我個人的嗜好嗎？

「唉，好吧。」

春日轉頭看著我。

「阿虛，你知道拍一部電影最需要的是什麼嗎？」

這個嘛——我回想著在這段人生中，曾讓我產生過感動的每一部電影的情節，以做為參考資料。待我結束思考，我有點自信地回答道：

「是不是創新的想法和投注在製作上的熱情？」

「不是那麼抽象的東西啦！」

春日否決了我的想法。

「當然是攝影機啊！沒有器材要怎麼拍片？」

話是這麼說沒錯啦，但是我想說的不是這麼實事求是的事情……算了，我並沒有那麼多的創新想法和熱情以及電影理論，所以根本不需要提出反駁。

「就是這樣。」

春日將指揮棒縮了回去，丟到團長桌上。

「現在我們去調度攝影機。」

咚！聽到椅子挪移的聲音，我側眼一看，只見朝比奈鐵青著臉。也難怪啦，現在放在這個教室裡的電腦就是春日發動蠻橫的掠奪作戰，從電腦研究社那邊搶過來的。當時的朝比奈就成了犧牲品。

一頭栗髮微微顫動著的朝比奈，輕啟著她那櫻桃似的嘴唇說：

「那、那個……涼、涼宮同學，我想起來我還有事，必須回教室去。」

「住口。」

春日露出恐怖的表情。半抬起腰來的朝比奈發出輕輕的「唔」聲，無力地倒回椅子上。春日突然嫣然一笑。

「別擔心。」

妳一句別擔心，並不能保證不會有值得擔心的事情發生。

「這次我不會拿實玖瑠的身體抵付貨款的，只要妳幫一下忙就可以了。」

朝比奈帶著彷彿就要被抬上卡車前的小牛般，十足悲哀的眼神看著我。我沒有大聲叱喝，只是對春日說：

「把需要幫什麼忙告訴我們吧！否則我跟朝比奈學姊是絕對不會離開這裡一步的。」

春日帶著「這兩個傢伙到底在擔心什麼啊」的表情說：

「我要去跟贊助者調度啦，帶女主角同行應該比較容易得到好印象吧？你也一起來吧！來搬運貨物。」

第二章

現在都已經是秋天了，可是不知道為什麼，竟然一點涼意都沒有。地球好像快脫序了一樣，似乎忘了把秋天這個季節帶到日本來。夏天的酷熱彷彿進入無限期的延長賽一樣，不停地往後拉長，除非有某個人打出再見安打，否則是不可能有收場的時候。只是也會讓人覺得一旦暑熱消退，秋天就會一腳被踢飛，季節立刻進入冬天的感覺。

搞不好太遲了。春日這樣說，於是我們便拿著書包離開了學校。春日飛快地跑向漫長的斜坡，她到底要跑到什麼地方去啊？我不認為會有贊助者願意出錢給學生在校慶中自行拍攝電影所需要的製作費。如果是電影研究會還情有可原，我們可是經過了半年之久還無人知道成立社團目的何在的謎樣社團耶？被轟出門應該是最適合我們的待遇吧。

我們下了山，搭上私鐵的區域線路，大約搭了三站。那是我曾經跟朝比奈兩人一起散步的櫻花行道樹一帶。這個地區有規模龐大的超級市場和商店街，是人潮相當擁擠的地帶。

春日走在我跟朝比奈前面，直接走進商店街裡。

「這裡。」

終於停下腳步的春日所指的地方是一家電器行。

「原來如此。」我說道。

她大概打算跟這家店勒索拍電影用的器材。

用什麼方法？

「你們在這裡等著，我去商量一下。」

春日將書包塞給我，毫不猶豫地走進鑲著玻璃的店內。

朝比奈躲在我身後，戰戰兢兢地窺探著被成群的照明器材照得輝煌無比的店內。她的樣子就像畏首畏尾的小學女生第一次到朋友家拜訪時一樣。這一次我可是將保護朝比奈的心情全開，仔細地觀察正對著一個看起來像店長的叔叔比手畫腳地說著話的春日背影。如果春日膽敢打一點歪主意，我就一把將朝比奈夾在腋下飛奔而去。

玻璃門對面，春日一邊說著什麼一邊時而指指展示品時，又指指自己跟叔叔。叔叔也不停地點著頭，我是不是該給那個叔叔忠告，別輕易相信或答應那傢伙所說的話？

過了一會兒，春日倏地一回頭，用食指指著站在玻璃門外，擺好隨時準備逃命姿勢的我們，臉上露出一張可親的笑容，然後又舞動著手，繼續她的演說。

「她在幹什麼啊……」

朝比奈站在我的斜後方，時而探出頭來時而縮了回去，她充滿疑惑地問道。

連來自未來的朝比奈都不懂的事情，我當然也不會懂了。

「誰曉得？反正大概是要對方免費借給她店裡性能最好的數位攝影機之類的事吧？」

那傢伙是可以面不改色地做這種事情的女人。因為她就是這麼一個堅信自己就站在世界的中心，讓地球繞著她旋轉的人。

「真是傷腦筋。」

之前我也曾經問長門類似的問題。

春日深信自己的價值標準和判斷是絕對的。她完全不了解別人的意思或意識有時候會跟她不同，應該說她根本不了解別人的想法從頭到尾都是跟她不一樣的。

如果想實現超光速飛行，只要把春日放到太空船上去就好了。我相信她大概完全不把相對論放在眼裡吧？

我把這種事說給長門聽，結果那個沉默的類外星人說：

「你的意見或許是正確的。」

以長門而言，這是相當有意義的內容。而只能當成玩笑看待的存在，就是涼宮春日給人的印象。

「啊，好像講完了。」

朝比奈低低的說話聲把我從幻想中拉回了現實。

結果，春日帶著滿足喜悅的表情從電器行裡走出來。雙手抱著一個小號的箱子。在有名的電器廠商標誌旁印著商品的相片，如果我沒有看錯，那確實是攝影機的形狀。

她到底是說了什麼話恐嚇對方？

是不給貨就放火燒店嗎？還是發動拒買運動？或是一整晚持續傳送惡作劇ＦＡＸ？或者立刻當場撒野？還是在沒有預告的情況下自行引爆——？

「別開玩笑了！我怎麼會做出帶有脅迫性質的事情嘛！」

春日心情愉悅地走在商店街的天幕底下。

「現在第一步算是成功了，太順利了！」

我被迫拿著裝了攝影機的盒子跟在春日的後頭走著。一邊望著在春日後背上晃動著的直髮，我開口問道：

「妳是怎麼免費拿到這麼昂貴的東西的？是妳抓住那個老頭什麼弱點嗎？」

沒錯，走出店家的春日開口第一句話就宣稱「到手了」。如果店家願意送人的話，我也想要。告訴我致命的關鍵術語吧！

回頭的春日嫣然一笑。

「也沒什麼啦！我說我想拍電影，所以想要攝影機，結果他就說好啊，根本一點問題也沒

有。」

我覺得就算現在沒問題，將來也不可能這麼簡單就收場，難道是我天生愛操心嗎？

「別什麼事情都放在心上啦！你只要開開心心地當我的僕人就好了。」

不巧我到現在還在體會著，今年春天不小心搭上一艘船身寫著鐵達尼的船時，那種危危顫顫的心情。我想發出ＳＯＳ信號求救，但是很遺憾的，我不懂摩斯密碼。而且我的個性可沒有沉穩到被封為僕人還會沾沾自喜。

「好了，現在到下一家店去！」

在來來往往的購物人潮當中，春日精力充沛地擺動著手腳往前走去。我跟朝比奈互看了一眼，趕忙以競走般的速度追上漸行漸遠的春日。

春日接著造訪的是一家模型店。

而且照例又把我跟朝比奈丟在外頭，一個人進去交涉。我漸漸搞清楚了。當她隔著玻璃門指著我們時，她的食指是不偏不倚地指著朝比奈的。據我推測，她是以某種形式拿朝比奈來做抵押。朝比奈沒有發現這一點，只是好奇地看著展示在店頭的地球全景模型。

不到幾分鐘，走出店門的春日身前又抱著一個巨大的盒子。這次又是什麼啊？

「是武器。」

春日回答道，將盒子推給了我。仔細一看，好像是塑膠模型，而且是手槍之類的武器模型。拿這種東西來做什麼用啊？

「拍動作畫面時會用到，就是槍戰畫面啊。激烈的戰鬥是娛樂片的基本要素。如果可以的話，我還想把整個大樓給炸掉呢，不過，你知道哪裡有賣炸藥嗎？不知道雜貨店有沒有賣？」

我哪知道啊？至少我知道便利商店或網路購物應該沒在賣吧？不過採石場應該會有這種東西——我想這樣提醒春日，但隨即打消了念頭。以這傢伙的個性來看，她一定會趁三更半夜去偷信管和TNT火藥。

我把攝影機和塑膠模型的盒子放在地上，對著春日直搖頭。

「這些盒子要怎麼辦？」

「你先帶回家，明天再帶到社團教室來，現在再回學校去太麻煩了。」

「我？」

「就是你。」

春日交抱著雙臂，露出大好人的和善表情。那是鮮少在教室裡可以看到，SOS團專用的微笑。而每次春日這樣一笑，善後的工作就會落到我頭上來。我到底算什麼啊？

「請問……」

朝比奈很客氣地舉起一隻手。

「我該做什麼……」

「實玖瑠就不用了。妳可以回去了，今天工作已經告一段落。」

朝比奈眨著眼睛，臉上的表情就像被附身的小狐狸一樣。因為若要問朝比奈今天做了什麼，那就是跟我沒頭沒腦地跟在春日屁股後面走而已。她大概搞不清楚春日為什麼要強迫她同行吧？雖然我隱約可以窺探出春日葫蘆裡賣的是什麼藥。

春日以彷彿做著國民健身操似的姿勢，帶著我們走向最近的車站。看來今天的春日式活動就此劃下休止符了。戰利品是一台攝影機和幾把小手槍，是春日靠著與其說是巧妙的交涉手法，其實無非就是以旁門左道的方式到手的。花掉的費用是零，也就是免費。

以前的人常說，沒有比免費更恐怖的事情。問題是，春日一點都不在乎。要是真有可以讓這傢伙感到害怕的事情，還請各位看倌務必要跟我聯絡。

第二天，除了書包之外，我抱著多出來的行李吃力地爬上坡道。

「喲，阿虛！你抱著什麼東西啊？送給某個模範生的禮物嗎？」

追到我旁邊來的是谷口。他是跟我還有春日同班的同學，是一個單純的單細胞生物，而且是隨處可見又非常平凡的同學。平凡，說得真好。就我現在的立場來看，平凡是非常寶貴的東西，因為這兩個字代表了現實中使用的語言本身的魔力。

我猶疑了一下，把兩個超市的購物袋其中比較輕的一個推給谷口。

「這是什麼東西啊？模型槍？原來你有這種見不得人的嗜好啊？」

「不是我，是春日的嗜好。」

然後我對谷口虛應了事一番，不過他用見不得人的嗜好來形容真是恰到好處。

「我很難想像涼宮一個人拆解、保養這些東西的模樣。」

我也難以想像，所以，會將這些東西加以分解組合的人除了春日之外還有誰呢？順便告訴各位，我小時候曾經企圖組裝機器人，可是怎麼組就是沒辦法將右肩的機件給組上去，一氣之下就把它給丟了。

「你也真是辛苦啊。」

谷口用讓人一點也感覺不出有慰勞味道的語氣說：

「能夠擔任守護涼宮任務的，古往今來就只有你一人了。這點我可以跟你保證，所以你要牢牢地跟住她。」

講這什麼鬼話？再怎麼樣我也不想跟春日黏在一起，我想黏的應該是朝比奈。我相信任何人都會有同感吧？

谷口發出有如妖怪般喀喀喀的笑聲。

「啊，那可不行，她可是北高的小天使，是男學生心中的依歸。如果你不想被超過一半的全校學生『蓋布袋』的話，就謹守你的分寸。我想你應該也不想被火冒三丈的我從背後刺上一刀吧？」

那不然就退而求其次，鎖定長門好了。

「那也不成。別看她那副德性，她可是有很多隱藏的支持者呢。她為什麼不戴眼鏡了？改戴隱形眼鏡了嗎？」

「這個嘛，你去問問她本人吧！」

「還問咧，到現在為止，不管我跟她說什麼，她都置之不理。在長門班上的人都相信，她的一句話可以決定當天會發生好事或壞事。」

別把長門說得像神一樣。這是什麼時代的吉凶占卜啊？那傢伙或許確實不是平凡人，但就她的特質而言，已經算是很平凡了——唔，雖然沒有什麼特質啦。

「總之，你跟涼宮很匹配。只有你能跟那個笨蛋展開像樣的溝通，被害者是越少越好，你得想法子看緊她。對了，校慶就快到了，這次你們會做什麼驚天動地的事啊？」

「這種事情別問我。」

我可不是ＳＯＳ團的發言人喔，但是谷口卻一臉淡然地說：

「就算我去問涼宮，她大概也只會說一些莫名其妙的話吧？要是沒抓好追問的時機，搞不好還會遭到恐怖的攻擊呢。至於長門有希，反正問她什麼事也都得不到答案，而朝比奈則不好接近，只要有男生跟她說話，就會引起公憤。所以還是你去問好了。」

好個會編派莫名其妙道理的傢伙。照這麼說來，好像我不過就是一個爛好人罷了。

「難道不是嗎？在我眼裡你就是一個明知往前走鐵定會掉進山崖裡，可是卻還是大膽地陪著她一起走的超級爛好人啊。」

校門就在眼前了。我帶著不悅的表情從谷口手中一把搶過超市的購物袋。

我是不知道春日式的獸徑前頭會有什麼東西，但是我覺得應該不會有什麼好事吧？但是一起走的不只有我跟春日，就我所知，至少還有其他三個人。其中兩個即使放著不管應該也不會有問題，可是朝比奈就危險了。她完全無法預測自己會發生什麼事，程度嚴重到根本不像個未來人。唉，不過這就是她的優點。

「所以啊──」我對谷口放話，「一定得有人保護她才行。」

喲，這可真像是男主角的台詞呢。要說保護，其實也不過是保護她脫離春日那過分的性騷擾罷了。

我不疾不徐地說：

「難得有這樣的機會，所以我一定要保護她。我不知道全校的男生會怎麼說，就算你們要自行組成紳士同盟也請便。」

谷口仍然像頭妖怪似的咯咯咯笑。

「你可要適可而止哦，因為每個月都會有新月喔。」

谷口留下一句像神出鬼沒的歹徒會說的恐嚇話語之後，就穿過了校門。

當我抱著行李走在教室前面的走廊上時，春日正把自己的行李塞進自己的置物櫃裡。我也把3C用品和塑膠模型盒子放進寫有我學號的不銹鋼置物櫃裡。

「阿虛，今天開始有得忙了嘍。」

春日連一聲早安也沒有，在用力地關上櫃門之後，對著我露出初春般的和煦笑容。

「實玖瑠和有希，還有古泉也一樣，我可不准你們囉哩囉嗦地有任何抱怨。電影的劇本在我的腦海中已經到達最後的完成階段，甚至還咕嘟咕嘟地響著呢。剩下的工作就只要把內容付諸實行就可以了。」

「是嗎？」

我隨便應了一聲便走進教室。我的座位是從後面算來第二排的地方。從第一學期起，班上就換過幾次座位了，但直到目前為止我還沒有被排到最後一排過，因為我的後面一定都坐著春日。我都快覺得要用偶然來解釋這件事情實在是太不自然了，但是我還是寧願相信這純粹是一種偶然。因為要是我不這麼說服自己，感覺上「偶然」好像會失去它的自信一樣，我還真是一個貼心的人。要是跟春日那種人扯上關係，我相信任何人都會這樣的。我就像一個衝向前去撿拾不受任何一方控制的球，負責守備的ＭＦ（註：守備中場位置的球員）一樣。因為春日就像一個在越位線遙遠的彼方一個勁兒地等著球跑過去的，具備超級攻擊力的ＦＷ（註：擔任前鋒的球員）。搞不好她站的位置比敵方持球者還後面。就算把球傳到她手上，只怕線審也會揚起手中的旗子，但是對春日而言，那不過是線審的誤判罷了。我相信春日一定會正經八百地說是規則有問題吧？然後她會拿著球，一口氣跑過終線，然後還宣稱自己得了一分，她就是這樣的人。果真如此，那根本就不用找她打英式橄欖球了。

對付她這種旁若無人的行徑，唯一的作法就是完全置若罔聞，若無其事地離開現場；要不就是放棄掙扎，完全照她所說的去做。除了我之外，其他的同學早就如實採行這種方法了。

所以，當天第六堂課一結束，還剩最後一堂的課輔時間，我的後方座位卻空無一人時，岡部導師和其他同學都沒有任何人有任何意見。不知是大家沒發現到？還是裝作沒發現？或者是發現了但覺得不必浪費時間多管閒事？總之，大家都覺得對她置之不理是最好的方法，所以到底是基於何種原因就不是那麼重要的事情了。

我懷著一種近似某種預感的心情往社團教室走去，手上提著裝了幾個箱子的袋子，在文藝社社團教室前面停下腳步。

我好像聽到什麼聲音。啊的聲音是朝比奈惹人憐愛的叫聲，而哇的叫聲則是春日讓人毛骨悚然的聲音，又來了。

如果我在這個時候打開門，鐵定可以看到有如一幅畫般賞心悅目的畫面，但是身為一個有常識的人，我懷抱著禁慾的聖潔心情，忍住心中的妄想，靜靜地在外頭等著。

大約過了五分鐘左右，裡面微弱的抵抗聲終於平息了。反正最後總是春日帶著得意的表情，兩手扠著腰站著。因為這跟小兔子永遠打不過大蟒蛇的道理是一樣的，朝比奈根本不可能打得贏春日。

我敲了敲門。

「請進！」

裡面響起春日元氣十足的回應聲。我一邊猜想著早上她拿著的紙袋裡裝了什麼東西，一邊打開門走進社團教室。首先映入眼簾的果然又是春日得意的表情，但是我已經看膩了她那副模樣。我把視線望向坐在春日前方鋼管椅上的人，頓時我的視線變得既激情又炙熱。

一個女服務生坐在那裡，淚眼婆娑地看著我。

「……」

頭髮微亂的女服務生像長門一樣靜默，頭垂得低低的。春日將女服務生那豐盈的栗髮在背後綁成了兩個馬尾。難得的是，竟然沒看到長門的身影。

「怎麼樣？」

春日嗤聲笑著問我。幹嘛一臉都是妳的功勞的表情？朝比奈的可愛是上天給她的恩賜，話是這麼說啦……

但我真的覺得很不錯，不知道朝比奈怎麼想？應該不會對我這種感覺有異議吧？不過，裙子的長度會不會短得太離譜了？

看起來像百分之百純果汁釀造，一身女服務生打扮的朝比奈，兩手握拳放在緊緊靠在一起的膝蓋上，全身僵硬著。

這種打扮跟妳實在太相配了，簡直就像特別為妳訂製的衣服一樣。拜此之賜，我默默地凝視著朝比奈長達三十秒鐘之久，此時突然有人從背後往我肩膀上一拍，害我差一點就跳起來。

「呀，真是不好意思，昨天真是抱歉了。今天好像要對劇本，但是我還是不得不早退，我沒有辦法從頭到尾陪各位一起準備。」

古泉帶著微笑的俊俏臉龐，越過我的肩膀環視著社團教室內。

「喲。」

他很愉快地微笑著。

「這個打扮——」

古泉走過我旁邊，將書包放在桌子上，再一屁股坐上鋼管椅。

「還真是適合啊。」

他發表了最直接的感想。這種事誰都嘛知道。我不懂的是，為何女服務生沒有在飲料店，也沒有在餐廳裡，反而淪落到這種又髒又上不了檯面的小房間裡？

「那是因為我——」春日說：「希望實玖瑠在電影中穿這種戲服。」

難道女侍服不適合嗎？

「所謂的女侍是在有錢人的豪宅裡，針對個人進行服務的工作。女服務生就不一樣了，女服務生是在街角或某個地方的某家店裡，以時薪七百三十圓的代價，針對不特定的多數人提供服務。」

我不知道這樣的時薪算高還是低，不過不管如何，朝比奈應該不會為了在豪宅裡工作或打工，每次都做這種打扮吧？不過如果是春日出錢雇用的話那就另當別論了。

「別在意這種芝麻小事啦！這是心情的問題耶，我覺得很好啊。」

妳覺得好，那朝比奈呢？

「啊，涼宮同學……這件衣服對我來說好像小了一點……」

朝比奈可能相當擔心走光的問題吧？一直壓著迷你裙的裙襬。可是她那微妙的動作反而讓我心浮氣躁，不知不覺定定地看著那個地方。

「這樣才剛好呀，感覺是 Just Fit。」

我費了好大的勁才將視線拉開，固定在春日那彷彿綻放在密林中的美麗花朵般的笑臉上。春日將那對只看得到眼前景物的瞳孔對準了我。

「關於這次我們要拍的電影概念——」

她指指朝比奈縮成一團的背部。

「就是這個。」

什麼叫就是這個？難道妳想拍在紅茶店裡打工的少女的日常生活紀錄片嗎？

「不是啦！以偷拍的方式拍攝實玖瑠的日常生活根本沒什麼好玩的。一定要記錄一個與眾不同的人所過的日常生活，才能成為一部有可看性的影片。拍攝一個平凡高中生的一天只是一種自我滿足罷了。」

我不認為朝比奈會因此感到滿足，而且我覺得第三者似乎有這方面的需要，再說我也覺得朝比奈的日常生活是非常與眾不同的，不過我決定暫時保持沉默。

「我以SOS團代表導演的身分決定貫徹娛樂的職責到底。你們看著吧！我要讓所有的觀眾都站起來為我鼓掌！」

仔細一看，春日臂章上的文字不知道什麼時候開始從「團長」變成了「導演」。真是個思慮周到的傢伙。

看過兀自興奮異常的女導演、情緒低落的女主角，還有帶著曖昧的笑容像參觀人士一樣退離現場的男主角之後，我真的很難形容這是一個什麼樣的景象，這時社團教室的門靜靜地打開了。

「……」

我以為是誰登場了咧，那一瞬間我心中產生了恐懼。還以為我這不算長的人生已經走到盡頭，連死神也來迎接我了。我甚至懷疑自己置身於拍攝跟莫札特要安魂曲的薩利耶里的電影（註：指電影《阿瑪迪斯》）後台。

「……」默默浮現的是長門有希那一如往常的白皙臉孔。她只露出一張臉，身後則是一片漆黑。

驚駭得說不出話來的不只我，春日和朝比奈也好不到哪裡去，連古泉原本掛在臉上的微笑也滲進了大約有消費稅那麼多的驚愕色彩。長門身上穿著的是連朝比奈都會感到訝異的古怪服裝，她用像黑幕一樣的黑色斗篷將全身蓋住，頭上載著同樣漆黑的寬沿尖頂帽，根本就是一個不折不扣的吸血鬼打扮。

在我們愕然的注視下，打扮得像死神一樣的長門，默默地坐到角落那個屬於她的固定座位上，從斗篷的下襬拿出書包和精裝書並放在桌上。

然後無視於我們四人驚愕的眼神，開始看起她的書來。

那可能是她在他們班上於校慶舉辦的占卜大會時所穿的衣服。

從長門以單字的形式答覆最快從驚愕中回神的春日那一連串的問題來歸納，我們得到這樣的答案——竟然有人想到讓長門做如此令人愉快的打扮，可見這傢伙的班上肯定有著相當有才華的設計師。

長門竟然以這麼恐怖的晴天娃娃裝扮從教室走到這裡來，難不成她以自己的方式燃起對抗朝比奈的意識了？這傢伙的思考邏輯還真是比春日更難讓人掌握！

在這一股讓人難以啟齒的沉悶氣氛當中，只有春日喜孜孜地大叫：

「有希，妳也開竅了？沒錯，就這身打扮！」

長門緩緩地把目光投向春日，然後又移回書本上。

「這服裝跟我所想的角色分配不謀而合！待會兒告訴我是誰讓妳穿上這身衣服的，我真想打電報去表達我的感謝之意！」

拜託妳好不好？接到妳的祝賀電報頂多只會讓人疑心生暗鬼，甚至擔心其中是不是另有不為人知的隱情。妳就不能稍微客觀一點看周遭眾人對妳的評價嗎？

已經高興到進入忘我境界的春日，一邊哼著土耳其進行曲，一邊打開自己的書包，從裡面拿出幾張影印紙。她快速地將影印紙分給我們，臉上帶著把黑熊打倒在邊線的金太郎（註：日本傳說中的神力童子。在故事中，紅皮膚、身穿肚兜的金太郎，曾以相撲打倒黑熊）一樣得意的表情。

我沒有選擇的餘地，只好把視線落在影印紙上。

上面潦草地寫著以下的內文。

『戰鬥女服務生　朝比奈實玖瑠的冒險（暫定）』

☆登場人物

・朝比奈實玖瑠……來自未來世界的戰鬥女服務生

・古泉一樹……超能力少年

・長門有希……邪惡的外星人

・臨時演員……路人

……啊，這是怎麼回事啊？竟然完全猜中了。

我真是驚訝到了極點，這傢伙到底是理解力太強，或是隨便瞎猜卻莫名其妙地被她押對了寶？我甚至開始懷疑她只是故意裝作不知道。她那總在詭異的地方發揮的特異敏銳力，到底是什麼能力啊？

一時之間我啞然失聲，聽到一旁傳來的嗤嗤笑聲才回過神來，會這樣笑的當然就是古泉。

「啊，這個啊……」

他看起來挺樂的，我真是羨慕他。

「該怎麼說呢？應該說不愧是涼宮同學吧？果然是只有涼宮同學才會想到的角色，真是了不起。」

別對著我微笑，我覺得很不舒服。

兩手拿著Ａ４影印紙定定地看著的朝比奈，那纖細的手腕不停地顫抖著。

「啊……」

她發出輕輕的叫聲看著我，臉上露出求救似的表情。來不及仔細確認，卻發現她帶著看起來極其悲哀卻又滲著責難色彩的眼神。就好像年紀差了一截的親戚大姊姊，在開導惡作劇過頭的小孩子一樣的眼神……我終於想起來了。對了，在半年前發生那個事件之後，我就把他們三個人真正的身分告訴了春日。

唔，糟了。是我害的嗎？

我驚慌失措地看向長門，只見那個穿著黑色斗篷、戴著黑色帽子，什麼連繫裝置外星人之類的傢伙——

「……………」

仍然默默地看著她的書。

「沒什麼大不了的問題吧？」

古泉樂觀地笑著說，我則連笑都笑不出來了。

「沒什麼好笑的，不過也沒那麼悲觀。」

「你怎麼知道？」

「因為這只是電影的角色分配啊，涼宮同學並不真的認為我是超能力者。只不過在電影的虛擬情節當中，我所演的古泉一樹是一個超能力者而已。」

古泉就像一個家庭老師一樣，對著記憶力不足的學生諄諄教誨著。

「在現實的生活中存在的古泉一樹，和這個『古泉一樹』是兩個完全不相干的人啊。總不會把我跟電影中飾演的人物混為一談吧？就算有人把兩者混為一談，那也不會是涼宮同學。」

「我就是沒辦法安心，沒人敢保證你說的話是正確的。」

「如果她把現實和虛擬世界混為一談的話，這個世界早就變成一個科幻世界了。我之前也說過，別看涼宮同學那個樣子，她其實是一個具有現實思考邏輯的人。」

這個我懂。因為春日的現實式思考模式往往都是半吊子的異想天開模式，所以往往害我被捲入許多離奇古怪的事件當中，而且還是在當事人春日完全沒有自覺當中發生的。

「因為我們拿不出證據啊。」

古泉淡然地說：

「或許某一天事態會不得不發展到那種地步，但是那不會是現在。還好朝比奈和長門同學各自所屬的勢力好像也有同樣的看法，所以我覺得永遠保持這個樣子也無所謂。」

我也這麼認為，因為我並不想看到世界亂成一團。如果在還沒破解下個星期即將要上市的遊戲軟體之前就發生這種事，那真是太遺憾了。

古泉仍然一臉微笑。

「與其擔心這個世界，我倒覺得你應該多注意一下自己。我跟長門同學或許都有替代人選，但是你並沒有。」

為了不讓古泉看出我變得複雜不已的心思，我佯裝專心地幫手上的手槍填裝瓦斯。

這一天，春日忙著給朝比奈試裝，並發表各人擔任的角色，就這樣結束了一天的活動。事實上，她還想拉著穿著女服務生制服的朝比奈在校內四處走動，然後誇張地舉行發表記者會，但是因為朝比奈真的快要哭出來了，我便想盡辦法讓她打消了這個念頭。我告訴她，這所高中並沒有所謂的新聞社或報導社，也沒有宣傳社，春日看著我，嘴唇嘟成水鳥的尖嘴狀，還往下撇地回我：

「說的也是。」

沒想到她竟然這麼乾脆就打退堂鼓了。

「內容還是保密到最後一刻比較好。阿虛，以你的資質來說，這點你倒是挺機靈的。要是事前洩漏機密就不好了。」

又不是好萊塢或香港的電影，而且也沒有人對妳腦袋中的那些鬼點子有興趣。

「那麼阿虛，你要負責讓那把槍在今天之內可以派上用場，因為明天就要開始拍攝了。另外你還必須學會怎麼用攝影機。啊，對了，還要想辦法找來把影像轉接到電腦編輯時所需要的軟體。還有——」

就這樣，春日把一大堆工作推給了我，還一邊哼著「大逃亡」的主題曲一邊回家去了。

真是一個不管心情好不好都會製造一大堆麻煩的傢伙啊，真是的！

而現在，我跟古泉兩個男生正埋首苦讀著說明書，努力地想搞懂如何讓ＢＢ彈從模型手槍中射出來。

換好衣服的朝比奈垮著肩啪答啪答地走回家了，長門則一身彷彿受邀參加安息日的魔女打扮，書包也沒拿就不知跑到哪裡去了。看來長門只是來讓我們看看她的打扮而已。以她過往的

風格來說，這個行為或許有某種特殊的意義，但也可能只是來露個臉而已。現在她大概在她的教室裡做著什麼事吧？譬如預演水晶占卜之類的事情。

我覺得校內的喧鬧氣氛似乎一天勝過一天。每到放學後就響起的蹩腳樂隊的喇叭聲漸漸不再走音，也慢慢地上了軌道；也有人躲在校園的隱密處裁切三合板和輕木，而像長門那樣一身奇怪打扮的學生也開始慢慢地增加了。

不過，這終歸只是一個樸實的縣立高中的校園活動，看來應該會是一個不怎麼讓人驚艷的校慶。我個人覺得，全校裡頂多只有一半同學沒有放棄製造樂趣的努力，至於我們一年五班則是早就放棄了享受樂趣這件事。沒有參加任何社團的同學當天一定會不知道如何打發多出來的閒暇時間。而谷口和國木田就彷彿是這些「回家社團」人物的箇中代表。

「說到校慶……」

谷口說著。

午休時間，我跟這兩個一點都不重要的配角共三人一起圍著吃便當。

「說到校慶？」

國木田反問道。谷口臉上浮起跟古泉的優雅微笑做比較實在太過可憐的難看笑容。

「真是個超級活動。」

別學春日說話好不好！谷口的笑意突然從他臉上消退。

「但卻是跟我無關的活動，真教人生氣。」

「為什麼？」國木田問。

「我覺得一點都不好玩，那些看起來樂在其中的傢伙真是礙眼。尤其是那種男女成對的更令人想動手宰人。哼，什麼嘛！」

這就叫惱羞成怒吧？

「我們班也真是的，舉辦問卷調查？哼！無聊透頂，反正再問也只是問你喜歡什麼顏色之類的無聊問題，收集這些資料有什麼好玩的？」

既然如此，那你提個建議不就得了？或許這樣春日也就不會想拍什麼電影了。

谷口一口吞下便當裡的香腸。

「我才不會提那種建議自找麻煩咧。唉，提議倒無妨，怕的是被迫要負責統籌。」

國木田一邊說「說的也是」一邊停下他切蛋捲的動作。

「只有沒腦袋的人或者責任感超強的學生才會在這種時候舉手發言吧？如果朝倉同學還在的話。」

他提起了已經移民到加拿大的前同學姓名。每次聽到這個名字，我的心中就會冒出若干冷汗。因為讓朝倉消失的雖然是長門，但是原因卻在我。當初置之不理而讓她消失的人是我，所以現在感到心痛也無濟於事了。

「唉，真是可惜啊。」谷口說：「偏偏超級優等生不見了，真是不幸啊。她是唯一讓人慶幸能被編到這個班級來的理由耶。可惡，不知道現在能不能要求換班？」

「你認為哪一班好？」國木田問。「譬如長門同學的班級？啊，對了，昨天我看到她打扮得像個魔術師一樣在校園裡走，那是什麼啊？」

這個嘛，我不知道。

「長門啊……」

谷口看著我，臉上帶著好像突然面臨數學抽考似的表情，以突然想起什麼的語氣說著。

「是什麼時候的事啊？我看到你跟那傢伙在教室裡抱在一起。反正我知道那一定是涼宮安排的劇本吧？是你們故意設計要嚇我的對不對？沒用的啦。」

還好谷口自行錯誤解讀那件事，讓我覺得肩膀上的石頭好像落了地一樣……等等，那一次你不是為了拿忘記帶走的東西才回來的嗎？我們又怎麼知道你會回來呢？——我當然不會提醒他這件事。谷口是個白痴，叫一個白痴白痴並不會讓我感到心痛。這傢伙是個白痴真好，我甚至想感謝上蒼了。

「話又說回來，還真是無聊耶。」

谷口感慨地說，國木田正埋首於他的便當中，我則回頭看著背後。春日的座位是空的，她現在又在哪裡鬼混了？

「我在學校裡尋找可以拍攝電影的地方。」

春日說。

「可是完全沒有適合的地方。看來想在校內湊和著拍是行不通的，我們到校外去吧！」

或許她並不喜歡校內的氣氛，可是也不用因為校內不夠熱鬧，就刻意遠征到外頭去尋找炒熱氣氛的場所啊？看來她是吃了秤砣鐵了心要搞它個天翻地覆吧？

「啊……我、我也要去嗎？」

用畏懼的語氣提出疑問的是朝比奈。

「那還用說？沒有主角還像話嗎？」

「穿、穿這身衣服嗎？」

繼昨天之後，朝比奈今天仍然被迫穿著春日不知道從哪裡找來的女服務生制服，身體微微地顫抖著。

「嗯，沒錯。」

春日很乾脆地點點頭，朝比奈緊抱著自己的身體推託著。

「老是不停地換衣服不是很麻煩嗎？而且現場搞不好沒有可以換衣服的地方哦。既然如此那乾脆先換好不就得了？我說得對不對？走吧！大家一起走！」

「至少讓我披件衣服……」

朝比奈懇求著。

「不行！」

「可是這樣好難為情。」

「要覺得難為情才能演出微妙的羞怯模樣啊！妳這樣怎麼拿得到金球獎呢？」

我們的目標不是校慶最佳活動票選第一名嗎？

今天所有的團員都聚集到社團教室來了。舞台劇的劇本問題大概已經解決了的古泉也來了，還面帶微笑看著春日和朝比奈之間單向的互動狀況。長門也在，而這個長門倒是個問題。

「…………」

她一如往常般地沉默，這倒沒什麼，但是樣子有點怪異。不知何故，她今天仍然一身昨天特地跑來展示給我們看的魔女裝扮。其實這種衣服只要在校慶當天穿就可以了，幹嘛現在就穿上啊？

春日似乎非常中意長門的黑色斗篷和尖帽子。

「妳的角色改成『邪惡的外星魔法師』！」

二話不說就把劇本修改了。我看著讓長門拿著在指揮棒尖裝上人們經常裝點在聖誕樹頂端的星形裝飾品而竊喜不已的春日，還有握著指揮棒一動也不動的長門，不知道為什麼，連我也開始對這個沉默的讀書狂扮演外星魔法師一事沒有任何異議了。或許這樣的角色比什麼資訊統合思念體更能凸顯長門的特徵吧？她確實擁有魔法般的力量。在我眼中看來是如此，所以絕對錯不了。

長門突然將黑帽子的邊緣推高，用看不出任何情緒的眼神看著我。

「…………」

我對春日將其他班級準備好的衣服，擅自拿來做為拍片用的服裝一事有些許的疑問，但是在她眼中似乎完全沒有任何問號存在。

「阿虛！攝影機準備好了吧？古泉，那邊的行李就有勞你了。實玖瑠，妳幹嘛還黏著桌子不放？哪，趕快站起來走人了！」

朝比奈微弱的反抗根本起不了什麼作用。春日一把抓住女服務生的脖子用力一拉，就拖也似的將口中不斷呻吟著的嬌小身軀拉向門口。長門則拖著黑色斗篷的下襬跟在後頭，古泉走在最後面，對我眨眨眼使了個眼色，跟著消失於走廊上。

正當我想著，如果我不去不知道可不可以之際——

「喂！沒有攝影師還拍什麼電影啊？」

春日從洞開的門後探出上半身，把嘴張到有半張臉那麼大，還狂吼了一聲，我看到春日左臂上寫著「大導演」的臂章，心中湧起一股暗淡的思緒。

看來這個女人是玩真的。

由還沒有拍過任何一部電影卻自稱大導演的春日帶頭；美少女服務生沮喪地低垂著頭跟在後面；陰鬱的魔法少女像影子一般緊追在後；古泉則抱著紙袋，帶著爽朗的笑容……我盡可能跟這個詭異的團體保持最遠的距離尾隨著。

當這一行人在校園裡走動時已經夠引人注目了，即使來到校外，這群像舉行萬聖節PARTY的一伙人同樣是眾人注目的焦點，當中無奈地獨佔眾人視線的朝比奈，走了兩分鐘就把頭垂得低低的，三分鐘時變得面紅耳赤，走了五分鐘左右，便開始踩著虛弱的空虛步伐蹣跚地走著。

懷著彷彿是天地即將產生異變的愉快心情，口中哼著「天國與地獄」的主題曲的是帶頭走在最前面的春日。不知道她是什麼時候準備的？只見她右手上拿著黃色的擴音器，左手提著導演椅，意氣風發地走著，簡直就像在草原上西進的蒙古騎兵團一樣氣勢凌人。正懷疑她要突擊哪個目標時，發現我們來到的地點是車站。買了五張車票的春日將車票分發給我們之後，帶著

理所當然的表情朝著剪票口進軍。

「等等。」

說不出話來的朝比奈還沒有出聲，我就率先提出異議。我指著吸引所有來往行人好奇目光、穿著迷你裙的女服務生，和宛如隨行者般站在一旁的黑衣少女說：

「妳打算讓她們以這種裝扮搭電車嗎？」

「有什麼問題嗎？」春日裝做不知情的樣子反問道。「要是沒穿衣服可能會被逮捕，但是她們可都穿得好好的呀！或者你覺得兔女郎的裝扮比較好？如果是這樣就早說嘛！改拍『戰鬥兔女郎（暫）』我也不會在意的。」

這應該不是刻意找來女服務生制服的人該說的話……倒是，妳之前不是曾提過電影的概念嗎？我是不清楚啦，不過所謂的概念可以這樣隨隨便便說改就改嗎？

我用力地運作著正在探索導演心情的腦袋。

「最重要的是臨機應變的能力，因為地球上的生物就是這樣進化而來的，而這就是所謂的適者生存。老是一天到晚發呆是會被淘汰的！我們得努力去適應才行！」

要適應什麼？要是整個環境真有它自己的意識的話，我想它一定會先將春日放逐到大氣層之外。

古泉變成了一個只會微笑著扛行李的苦力，長門照樣沉默，而朝比奈好像連出聲的力氣都沒有了，也就是說，除了我之外，其他的成員都保持沉默。

真希望有人想想辦法。

春日似乎把大家的沉默解讀成她的一番話讓眾人產生深刻的感慨一樣。

「哪，電車來了！實玖瑠，趕快走啊！好戲待會兒就要上演了！」

她就像刑警羈押著因為值得同情的動機而殺人的女犯人一樣，抱著朝比奈的肩膀走向剪票口。

走出車站。我們來到的地方是前天來過的同一個車站，前頭就是那個商店街。正感到懷疑之際，沒想到春日連登門拜訪的店家也是一樣的。就是她經過一番交涉之後，拿到攝影機的電器行。

「我遵守約定來了！」

春日神采奕奕地走進店裡大叫，叔叔從後頭走出來，目光停在朝比奈身上。

「呵呵。」

叔叔露出猥褻的笑容看著女主角，而朝比奈則像使過必殺技的格鬥遊戲角色一樣全身僵硬。叔叔又說了：

「她就是前天那個女孩子？看起來真不一樣。呵呵，那就拜託妳了。」

拜託什麼？我出於反射地想往前踏出一步，將全身直打寒顫的朝比奈藏到我背後，卻被春日給推了回去。

「現在要進行商討，大家仔細聽著。」

然後春日帶著和運動會時，參加班級對抗接力賽獲得優勝之後一樣的笑容宣告。

「現在開始拍攝ＣＭ！」

「這、這家店，嗯——店長先生非常地親切，而且是個好人。現任店主榮二郎先生在他祖父時代就開始經營這家店，販賣的東西從乾電池到冰箱應有盡有。嗯——另外……嗯——」

女服務生朝比奈僵著一張笑臉死命地照本宣科。高舉著寫有「大森電器行」塑膠板的長門側站在一旁，她們兩人的身影映在我窺視著的攝影機觀景窗中。

朝比奈擠出一個笨拙無比的笑容，手裡拿著根本就沒有插電的麥克風。

古泉站在我旁邊，面帶微微的苦笑高舉著大字報。所謂的大字報是剛剛春日想都沒想就隨便寫下台詞的素描簿，古泉則根據朝比奈唸台詞的速度翻著素描簿。

我們站在電器行的店頭，也是商店街的正中央。

春日坐在導演椅上交疊雙腿，一臉苦澀地看著朝比奈的演技。

「好，卡！」

她將擴音器往手掌上一敲。

「真是一點感情都沒有。怎麼會表達不出來呢？一點都沒有『就是這樣』的感覺。」

她一邊說著一邊咬著指甲。

我愕然地停下了攝影機，用兩手握著麥克風的朝比奈也停止了動作。而長門是打一開始就是靜止不動的，古泉則只知道微笑。

背後一群在商店街來來往往的行人們因好奇使得現場引起一片騷動。

「實玖瑠的表情太僵硬了，妳要發自內心，以自然的感覺微笑。想一些愉快的事情吧！現在不就很愉快嗎？妳可是被選為女主角的人耶！妳的人生當中再也不會有比這種事情更快樂的了！」

真想告訴她，妳有完沒完！

如果把前天春日和店長之間的對話以一行字來表現的話，我猜想大概是以下這樣。

「在拍電影的過程中我們會放進這家商店的ＣＭ，能不能給我們一台攝影機？」

「可以呀。」

誤信春日的花言巧語的店長腦袋鐵定有問題，而想到在電影中加入ＣＭ的春日則更是瘋狂。從來就沒聽說過某部電影的女主角，在影片當中還代言CM的。如果只是把商店當成背景若有若無地帶過去的話倒還好，可是採用這種作法，整部片子不就等於是廣告片了嗎？

「我知道了！」

春日兀自大叫起來。拜託！妳又知道什麼了。

「總覺得在電氣行裡出現女服務生有點怪怪的！」

我想那是妳找來的衣服吧？

「古泉，那個袋子借我一下。那邊比較小的那一個。」

春日接過古泉遞給她的紙袋，一手抓住失了神的朝比奈的手，然後大步走進店內。

「店長！後面有可以換衣服的房間嗎？嗯，哪裡都成，不然廁所也可以。是嗎？那就借用倉庫了！」

說著她就臉不紅氣不喘地帶著朝比奈消失於店內。可憐的朝比奈似乎連抵抗的力氣都沒有，被春日那蠻牛般的力道一拉，她只好乖乖地踉蹌走著。或許她心裡想著，只要能脫下這身衣服，什麼事情她都不計較了。

被留在外頭的我跟古泉還有長門無所事事，只能呆站在那邊。一身黑色裝束的長門動也不動，只顧拿著塑膠板凝視著手提攝影機。還真有她的，手竟然不會累。

古泉對著我微笑。

「看來是輪不到我上場了。其實我也在班上的舞台劇中軋了一腳，是經過大家投票決定的，光是要背台詞就背得苦哈哈的，所以這邊的角色台詞越少越好……怎麼樣？你要不要來主演看看？」

反正握有分配角色大權的人是春日，要變更角色就去找那傢伙。

「你以為我做得來那麼讓人誠惶誠恐的事情嗎？我不敢想像一個演員竟敢對製片兼導演提出什麼意見。因為涼宮同學的命令是絕對的，而且我不想去想像她會在我背後採取什麼樣的報復行為。」

我也不想啊！所以我這才乖乖地當個攝影師啊？而且拍的還不是電影，而是個人經營的店舖地區性ＣＦ，就算有深厚的地區情感也該適可而止吧。

現在商店的後頭一定又上演著一幕手忙腳亂的景象吧？我想像春日隨心所欲地剝除無力抗拒的朝比奈的表情。不知道這一次她要讓朝比奈穿什麼衣服，乾脆她自己穿就好了。就外型而言，她是可以跟朝比奈一爭高下的，難道她沒有想過由自己主演嗎？

「讓各位久等了！」

在走出店面的兩個人當中，春日當然還是穿著制服；而在看到另一個人的模樣時，我的腦海裡瞬間掠過走馬燈。啊，那已經是半年前的事情了啊？真是時光飛逝，歲月如梭啊！這半年來可真發生了不少事啊！業餘棒球啦孤島啦什麼的，於今想起，或許都成了美好的回憶……怎麼可能？

那正是令人懷念的朝比奈嶄露頭角第一彈，和春日在校園裡出沒而引起全校的話題，使得朝比奈的精神受到嚴重損傷的極度裸露制服。

挑不出任何缺點，完美無瑕的兔女郎紅著臉頰，濕著眼睛，搖搖晃晃地跟在春日旁邊，兔耳朵不停地晃動著。

「嗯，這樣就無可挑剔了，還是用兔女郎來介紹商品最適合了。」

春日說著一些莫名其妙的話，上下打量著朝比奈，露出滿意的笑容，而朝比奈則滿臉愁容，魂魄好像從她那半張著的櫻桃小口中飛出來了一樣。

「哪，實玖瑠，從頭再來過。台詞也該背下來了吧？阿虛，倒帶回去。」

穿成這副模樣有誰會去聽她講什麼啊？上映時，每個人的目光一定都會盯在朝比奈所扮演的兔女郎身上吧？如果螢幕沒有被看出個洞來就值得慶幸了。

「現在，ＴＡＫＥ ２！」

春日高聲大叫，拿起擴音器用力一敲。

春日隨心所欲地操控半哭半笑的朝比奈所拍攝的電器行ＣＭ終於完工。我覺得整件事情就好像看著一個被邪惡的經紀人操控的外國摔角選手一樣。

可是，事情發展至此，我不得不想起我們還拜訪過另一間贊助商店。或許根本不用我去想，春日是打一開始就有這種盤算的。

春日拉著不時地發出「啊」或「哇」等可愛尖叫聲的朝比奈，在商店街上大刺刺地走著。儼然化身成為背後靈的長門，從頭到尾都頂著一張沒有任何感情的魔女表情，跟著我和古泉慢慢地走著。

我把自己的運動夾克披到朝比奈的肩膀上，藉以安慰她，這麼做或許反而讓她更惹人注目。說起來，這本來就是一個人們的興趣十分異常的世界。我有言在先，那可不是我的興趣。

我們到第二家模型玩具店重複做了跟剛剛一樣的事情。在眾人環視之中，朝比奈淚眼婆娑地面著我——也就是攝影鏡頭。

「這、這家模型玩具店是山土啟治先生（28歲）不顧周遭親友的反對，於去年脫離上班族的生涯所開設。可以說是為了追求個人的興趣……而放手一搏的……果然，營業額不如預期中成長，今年上半年的營業額只達到去年的百分之八十，曲線圖直往右下角滑落……所以！請各位多多捧場，踴躍購買！」

朝比奈的語氣完全沒有說服力。山土店長會認同這樣的廣告詞嗎？我覺得他大概只會更自暴自棄吧？誰願意讓高中生這樣看待自己啊？

兔女郎將被迫拿著的來福槍槍口朝上。

「不能對著人群發射，拿空罐子射擊吧！」

後頭的長門以不知道看哪裡的空洞眼神，舉著寫了「山土模型商店」的塑膠板。好個超現實的景象。朝倉涼子看起來是一個平凡而有感情的人，所以外星人製造的人造人好像並不全然都像機器人一樣，而長門之所以有這種個性，或許是她本來就是被設定成這個樣子的吧？

朝比奈又將來福槍對準地面上的空罐子一陣亂射。

「啊！我相信被射中的話一定很痛。啊！」

朝比奈一邊膽怯地尖叫著一邊將鋁罐給射成了蜂窩，這樣的射擊示範使得圍在一旁看熱鬧的人們引發了一陣騷動。雖然命中率大概只有一成。

我覺得把這種景象拍進ＤＶ錄影帶當中實在有點說不過去。我對朝比奈，還有對攝影機的開發設計者都充滿了歉意。這種東西明明不是為了拍這種東西才問世的。

就這樣，這一天就只拍了愚蠢的ＣＭ就結束了。

我們先回到學校，在社團教室裡聽取春日公佈的後續攝影行程計畫。

「明天星期六放假，所以大家一早就要集合。九點到北口車站前面碰面，聽到沒？」

可是，光是廣告影片就長達十五分鐘了，真正的影片會有多長啊？在校慶中播放長達三小時的鉅作是不會有人看完的。票房可能也不樂觀。

我看著沮喪無比的朝比奈心裡想著。外出時是女服務生，回來時變成兔女郎搭電車的朝比奈終於換好了制服，癱軟無力地蹲在地上。以這種情況進行拍攝的話，只怕女主角拍到一半就會睡著了。

我喝光了古泉替額頭抵在桌上，整個人癱軟無力的朝比奈泡好的玄米茶後說道：

「我說春日，關於朝比奈的打扮，難道妳不想變換一下嗎？不是有那種看起來比較像樣的作戰服嗎？譬如戰鬥服或迷彩服之類的？」

春日揮舞著裝有星星飾品的指揮棒。

「穿那種衣服戰鬥一點創意都沒有。就因為穿著女服務生的衣服戰鬥，才能讓人有『哦——』的感覺啊。掌握觀眾的心是最重要的，也就是概念，概念！」

我很懷疑她到底知不知道什麼叫做概念，而我只有嘆息的份。

「算了……這就姑且不說了。為什麼要刻意設定成女主角來自未來？是不是未來都無所謂吧？」

趴在桌上的朝比奈倏地一抖。春日沒有注意到，她完全不氣餒。

「這種事情以後再考慮，等有人提出質疑時再去考慮就夠了。」

所以我現在不就提出質疑了嗎？給我答案啊！

「如果考慮之後還想不出答案的話就不用管它了！這有什麼關係呢？只要有趣就夠了！」

那也得真的有趣才能成立吧？妳想拍攝的電影具有趣味性的機率有多高？拍攝只有導演一個人覺得有趣的影片有什麼意義呢？難不成妳的目標是要獲得金酸莓獎業餘影片的提名？

「那是什麼東東？我的目標只有一個。那就是校慶最佳活動票選第一名！如果可能的話，拿到金球獎也不錯。為了達到這個目標，實玖瑠沒有做適合的打扮是不行的！」

我覺得根本沒有人會對這件事傷腦筋，不過我想春日可能是在某一年看過某一部讓她爆怒不已，後來卻得了金球獎的電影吧？

我再度嘆了一口氣，往旁邊一看。一身黑色裝扮的長門一回到社團教室就縮到角落去，繼續沉溺於她的書本當中。這傢伙有病嗎？難道待在這個教室時不看書會死嗎？

「等等。」

看著喜愛閱讀的外星人時，我突然想到。

「喂，我還沒拿到劇本呢。」

不只是劇本杳無蹤影，我連故事內容都不知道。我知道的就只有朝比奈是未來的女服務生，古泉是超能力少年，而長門是邪惡的外星魔法師而已。

「不需要。」

春日在想什麼啊？只見她突然閉上眼睛，拿指揮棒前端的星星飾品戳著自己的太陽穴。

「因為所～有的東西都在這裡，劇本和分鏡都在這裡。你什麼都不用想，我會幫你想好攝影工作的內容。」

好嗆的話。妳才是什麼都不用想，只要出神地盯著窗外看就好了。只要妳的表情柔和正經一點，光是外形就足以和朝比奈互換角色了。

「明天！就是明天！大家要鼓起幹勁勇往直前。想獲得榮耀，首先就要從精神面下手。那是不用花錢就可以獲得勝利的快速方法！當心靈的牢籠鬆開時，連你自己都不知道的潛在能力就會覺醒，激發出意想不到的能量來。就是這樣！」

在格鬥漫畫中對打時或許是這樣沒錯啦，但是就算再怎麼口沫橫飛地宣揚精神面和國際主義，日本足球代表隊想要在世界盃中獲得優勝還有得等咧。

「那麼今天就到此解散！敬請期待明天！阿虛，不要忘了攝影機和小道具還有衣服等等的行李哦。大家要嚴格遵守時間！」

說完春日就用力地甩著書包出去了。我一邊聽著走廊上漸行漸遠的《洛基》主題曲，一邊恨恨地看著那些堆積如山的行李。我該跟哪個協會控訴這個導演的粗暴行徑呢？

事實上在今天之前，我們的校園生活不過是隨著春日把幾近異常的熱情投注在電影上，而漸漸脫序的一連串單純而平凡的生活。如果針對全國的各個學校進行調查，除了我們之外，應該也會有跟我們做出類似行徑的團體吧？一言以蔽之，就是「普通」的生活。

我沒有受到長門一族的襲擊，沒有跟朝比奈追逐時間，也沒有看到像發光的青色霉菌一樣的巨人出現，更沒有發生有著可笑真相的殺人事件。

好個平凡的校園生活。

隨著即將到來的校慶活動而起舞，情緒變得有點高漲的春日，就好像用鞭子鞭策飼養在她腦袋當中那隻大量分泌腎上腺素的倉鼠，以馬赫為單位的馬力快速地旋轉著滾輪一樣。

總之，這是見怪不怪的事情。

——直到這一天。

仔細想想，春日大概也以她自己的方式稍加自我控制了吧？再仔細想想，電影連一格畫面都還沒有拍到。錄在數位攝影機當中的，只有朝比奈以兔女郎的打扮，介紹當地商店街的電器行和模型玩具店的內容。由春日總指揮導演所帶領的ＳＯＳ團製作的電影，到目前為止連個影子都沒有，連故事大綱都是個謎。

或許保持謎樣的狀況還比較好些。

就算上映的只是朝比奈的商店街報導集也無所謂。倒不如說，這樣的內容反而更能吸引觀眾吧？而且也有利於振興地區的商業發展，豈不是一石二鳥嗎？啊，乾脆就做成朝比奈實玖瑠宣傳錄影專輯吧！我倒比較喜歡這個內容。這是負責攝影的我的真正心聲。

但是，我比誰都清楚，春日是不會這樣就滿足的。這傢伙說出口的話就一定會做到，她是不會中途就放棄的。好個言出必行的麻煩人啊！

就這樣，從第二天開始，我們又陷入了稀奇古怪的窘境當中，真不知道該怎麼說才好。春日說是什麼來著？

當心靈的牢籠鬆開時，連你自己都不知道的潛在能力就會覺醒，激發出意想不到的能量來——諸如此類的嗎？

有道理。

可是我說啊，春日。

怎麼偏偏就是妳覺醒呢？

而且妳自己還完全沒有發現。

第三章

星期六當天。

我們在車站前集合。我把所有的東西都塞進家裡現有的最大背包裡再走到車站，只見其他四個人都在等我。

春日穿休閒服和朝比奈充滿嬌柔女性的身影，遠遠看來一樣引人注目。她們兩人看起來像是一對一點都不相像的姊妹。明明年紀比較大看起來卻像妹妹的朝比奈，在服裝上走的是成熟的路線。

被三個怪人圍著的朝比奈，一看到我就好像鬆了口氣似的對我點點頭，輕輕地揮著手。嗯，感覺真好。

「你太慢了！」

春日雖然對著我吼叫，但是她的心情依然很愉悅。這傢伙之所以兩手空空，是因為她連擴音器和導演用摺疊椅都塞進我的行李中。

「還不到九點耶。」

我板著臉孔說道。看看兩邊，我見到長門那像陶瓷般的表情，和古泉那清爽的微笑。話又說回來，今天是假日，又不用上學，長門依然穿著制服是沒什麼奇怪啦，可為什麼連古泉都穿制服啊？

「聽說這是我拍片時的服裝。」

古泉回答道。

「昨天她是這樣跟我說的。就角色而言，我是一個假扮成高中生的超能力者。」

本來就是這樣啊！

我將塞了攝影機和小道具等等一大堆東西的包包放下來，擦擦額頭上的汗水，於是春日露出一臉像即將遠足的小學生一樣興奮的表情。

「阿虛，你最後一個來要罰錢，不過現在還不用。待會兒我們要搭巴士，巴士的錢我可以出，那是必要的經費，但你要請大家吃飯。」

她擅自做了這個決定後揮著一隻手。

「哪，各位！巴士招呼站在這邊！趕快跟我來！」

此時，我看到她手臂上的臂章變成了「超級導演」。看來在春日心中，她甚至超越了大導演。難道她想拍出什麼了不得的電影嗎？

本人再次聲明，我覺得拍朝比奈的個人專輯還比較好玩一點。

坐在巴士上隨車晃動了三十分鐘左右，我們在位於山中的停靠站下了車，然後又走了三十分鐘之久。我們很吃力地在健行步道上走著。

我們來到一個到處都看得到的森林公園。這是在這一帶出生長大的我從小就熟悉的場所。因為念小學時每年只要一提到遠足，幾乎都是到附近去爬山。

所謂的公園根本就名不副實，那只是在山腰闢出一塊空地，隨便蓋個噴泉什麼的，其他什麼都沒有，空蕩到幾乎讓人忍不住要抱怨，幹嘛非得這麼辛苦地爬到這種地方來？只有還不知道什麼叫娛樂的小鬼頭會感到興奮。我們看到幾對帶著小鬼頭前來，看起來應該是一家人的夫妻組合。

我們以噴泉為中心的廣場一角為根據地，決定將這個地方當成拍攝基地。兩手空空的春日似乎有用不完的精力，可是我已經累得像條狗了。要不是在半路上把一半的重量硬推給古泉，恐怕我早就已經倒臥路旁了。所以一抵達公園，我便靠在像徒步旅行時揹的裝備包上不停地喘著氣。

「你要喝嗎？」

眼前出現一瓶小瓶的寶特瓶，瓶身則握在朝比奈手上。

「我喝了一半，如果不嫌棄……」

這是神賜的烏龍茶，一定甜美如天上甘泉。這跟嫌不嫌棄無關，要是不喝的話，鐵定會遭天譴的。正當我不客氣地想要接過來時，一隻邪惡的惡魔之手拂開了天使的手。從朝比奈手中搶走烏龍茶的春日說：

「待會兒再說、待會兒！實玖瑠，現在不是給這種打雜的人補給水分的時候。再不開始，搞不好這樣的好天氣就會變壞了。現在趕快開始拍攝。」

朝比奈瞪大了眼睛。

「啊……？在這裡拍嗎？」

「那還用說？不然妳以為我們來這裡幹什麼？」

「那我不用換衣服嗎？這裡沒有可以換衣服的地方……」

「要找地方還不簡單。妳看，四周都是那些啊。」

春日的手指頭所指的地方，正是圍繞著蒼綠樹林的山巒。

「只要到樹林裡面去就不會有人來了，那可是天然的更衣室呢。哪，走吧！」

「啊——呀——！救、救命啊！」

來不及出手相救，朝比奈就被春日拉著消失於森林當中了。

再度出現的朝比奈，身上包著相當於戲服的活潑女服務生制服，頂著一頭髮尾到處飛散的麻煩髮型，那對溫潤的眼睛羞澀地望向生長在路旁的秋天野花。

她某隻眼睛的顏色很奇怪，是真的很奇怪。只有左眼是藍色的，這是什麼東東啊？

「那是彩色隱形眼睛啦。」

春日解說道。

「左右眼的顏色不一樣也是很重要的一點。你們瞧，只要這麼一下，就增加了許多神祕性不是嗎？用點小技巧就對了。這是記號、記號！」

她從背後一把抓住朝比奈的下巴，將她那張小臉蛋歪向一邊。被她任意擺布的朝比奈則一臉茫然。

「這隻藍色的眼睛可是有祕密的喲。」春日說。

「因為如果沒有賦與它任何意義的話，顏色不同就沒什麼大不了的。」

光是朝比奈那張看起來累得快要癱倒的表情就有夠大不了了。

「那麼那隻彩色隱形眼鏡有什麼樣的祕密？」

「目前還是個祕密。」

春日盈盈地笑著回答。

「喂，實玖瑠，妳要發呆到什麼時候？振作一點！是妳主演的電影耶！妳的偉大程度僅次於製片和導演哦！挺直腰桿！挺直！」

「啊——！」

朝比奈發出悲慘的叫聲，無奈地聽從春日的命令擺出姿勢。接著春日讓朝比奈握住手槍（模型手槍）。

「裝出女殺手該有的感覺，有一種強烈的、來自未來的感覺。」

春日不容置疑地提出各種無理的要求。朝比奈戰戰兢兢地擺出架勢，努力地將秋波飄向我——攝影機。其實她根本不用這麼勉強自己，我是說真的。

話又說回來，春日還真是一個莫名其妙充滿行動力的傢伙。我看過不少讓我覺得無聊的電影，但是從來不曾產生「既然如此，不如由我來拍」的想法，進而興起想拍電影的念頭，更不知道電影要怎麼拍。就算真的拍了，我也不認為自己可以拍得比別人好。但是春日好像真的深信自己有導演的才能。至少她確定自己可以拍出比深夜播放的二流電影要好的作品。這種自信是從何而來的啊？

春日一邊揮舞著黃色的擴音器一邊大喊：

「實玖瑠！別那麼害羞！拋開自我！只要把自己融入角色當中就好了！現在妳是女主角朝

比奈實玖瑠！」

……當然我也知道春日的自信根本沒什麼可茲證明的。毫無根據的滿滿自信讓四周的秩序陷入混亂，正是這傢伙涼宮春日與生俱來的機能。否則她就不會戴上那麼誇張的臂章，露出一副很了不起的樣子。

在導演春日的指示下，我們開始了值得紀念的ACTION 1的拍攝。

話雖如此，我也不過是從旁邊拍攝在廣場上狂奔的朝比奈而已。據說這是片頭畫面。我覺得至少也該寫個劇本什麼的，但是春日卻斬釘截鐵地說沒這種東西。

「如果寫成文字一不小心洩漏內容就糟了。」

這就是她的理由。看來她是打算以港片的模式（想到什麼拍什麼）來拍攝這部電影。其實我已經累癱了，但是比起在鏡頭前面，拿著兩把手槍賣力地喘氣狂奔的朝比奈，或許我還算滿好命的。

在我們的注視下，朝比奈忽左忽右地持續跑著，到了ACTION 5時好不容易導演做了ＯＫ的手勢，頓時她整個人都癱在地上了。

「呼……呼……」

春日完全不理會兩手支在地上，背部上下劇烈起伏的女服務生，就對等在一旁的長門下指令。

「那接下來是有希和實玖瑠的戰鬥畫面。」

長門穿著一身她最中意的黑色裝束，大步移動到攝影機前面來。她只是在制服外頭罩上像黑色布幕一樣的斗篷，再戴上一頂黑色的尖頂帽而已，所以不用像朝比奈一樣被帶到樹林當中，算她好運。不過長門這個人似乎不論在什麼地方，都可以面不改色地換衣服的樣子。如果把她們的角色互換的話不知道會怎麼樣？長門是女服務生，而朝比奈是魔法師。很不可思議的是，好像都挺適合的。

春日讓朝比奈和長門距離三公尺面對面站著。

「實玖瑠，妳現在要毫不留情地對有希射擊。」

「啊？」朝比奈嚇了一跳。她晃著因為剛才的一陣奔跑而散亂了的頭髮說：「但是不能拿這個射人……」

「沒問題啦！反正以實玖瑠的技術來說是絕對射不到的，而且就算射得中，有希也會躲開。」

長門默默地拿著綴有星星裝飾的天線，動也不動地站著。

我心裡想著——真要說起來，就算拿槍抵在長門的額頭上再扣下扳機，她大概也有辦法以迅雷不及掩耳的速度閃開來。

「那個……」

朝比奈頂著一張好像是菜鳥女侍向可怕的主廚報告打破盤子一樣的表情，戰戰兢兢地抬眼看著長門。

「沒關係。」長門回答道，然後轉著手上的天線。「開槍吧。」

「實玖瑠，長門都說沒關係了，妳就用力地狂射。我先說清楚，不是同時射擊，而是交互射擊哦！這是雙槍俠的基本技巧。」

古泉將反光板高舉在頭上，不知道春日是從哪弄來的。現在攝影社搞不好已經提出竊盜申訴了。可是古泉，你不是主角嗎？

「我沒辦法隨著拍攝環境臨機應變。與其成為被拍攝的對象，我覺得這個工作比較適合我。昨天我就一直在想，難道我不能只擔任幕後工作人員嗎……」

「啊？」

朝比奈抱著看起來沉重無比的模型槍，閉著眼睛不停地掃射。我站在一旁將這個景象給拍了下來。我沒辦法清楚地看到ＢＢ彈的軌跡，但是從長門面不改色地站著的樣子來看，好像真的都沒射中。是因為她使用魔法避了開來嗎……當我開始這樣懷疑時，只見長門緩緩地拿起指揮棒來，在眼前快速一揮，子彈就發出咚的一聲掉落在地面上。她明明沒戴眼鏡，但是那過人的視力依然讓人訝異。

長門目不轉睛地看著槍口。她平常很少這樣，不過那種眨眼的方式就好像「如果不偶爾眨眨眼的話就太不自然了」一樣，其實這樣反而欲蓋彌彰。不管她是一直睜著眼睛走路，或者一舉打破天花板做瞬間移動，我大概一點都不會感到驚訝吧？所以現在我也不覺得有什麼好大驚小怪的。

長門以彷彿壞掉的雨刷一般，偶爾揮揮指揮棒，每當她一揮棒，ＢＢ彈就嘩啦嘩啦地掉落到地上。

可是，這還真是個單調的戰鬥畫面啊。長門只管揮動指揮棒，而朝比奈則是一個勁兒地發射手上的兩支手槍，而且還一發都沒打中，春日只是交代「用力地發射」，什麼台詞都沒交待。能聽到的台詞只有朝比奈時而發出的「啊、哇、好可怕」之類的弱小聲音。

看起來就像事先套好招以免造成致命傷的眼鏡蛇和貓鼬一樣，是一場缺乏活力的戰鬥。

「嗯，大概就像這樣。」

當朝比奈射完手槍的子彈時，春日用擴音器敲敲肩膀。我放下手提攝影機，走到盤坐在導演椅上的春日旁邊。

「喂，春日，這算哪門子的電影啊？我一點都看不出這是什麼故事。」

超級導演瞄了我一眼。

「沒關係，反正我本來就打算在編輯的階段再做剪接的。」

由誰來做啊？我是指剪接的工作。當然心中也隱約記得我的工作分配表上寫著「編輯」。

「至少也加入一點台詞吧？」

「一旦有問題時，我會把聲音消掉做後期錄音，還得加上音效或BGM之類的東西。現在不用想那麼多！」

仔細想想，故事只存在妳的腦海中，所以我們根本什麼都不用想。但至少我要注意將春日對朝比奈的性騷擾降到最低限度，並嚴禁我以外的男人碰觸她的身體，這是我的基本原則。大家應該沒有意見吧？

「現在拍下一個畫面！現在輪到有希反擊。有希，使用妳的魔法使勁地攻擊實玖瑠！」

長門動也不動，只是把她那對漆黑的眼睛從黑帽子的帽沿底下射向我，並以只有我能理解的角度歪著頭。我大概懂她的意思，長門似乎在問：「沒關係嗎？」

答案當然是「NO」。姑且不說魔法，我是絕對不可能允許任何人做出會讓朝比奈感到疼痛的事情的。瞧，朝比奈不正鐵青著臉不停地顫抖著嗎？

春日當然不知道長門會使用不可思議的空包彈魔法。這傢伙的意思應該是要求長門做出好像在使用魔法的表演吧？

長門好像也懂了我的意思，一邊以沉默做為台詞一邊舉起天線棒，做出好像歌迷在演唱會中慢慢地慢慢地揮舞著螢光棒的動作。

「啊，算了。」春日說：「反正我會在這個畫面中使ＶＦＸ（註：讓主角的動作速度變快或放慢的視覺特效技術）。阿虛，後製作業時就請你做出光線從有希的棒子射出來的感覺。」

要怎麼做才會有那種視覺效果啊？我可沒有這種技術。如果有跟ＩＬＭ（註：全名為Industrail Light & Magic，為最大家的特效製作公司，也是製作量最大的一家公司）借用人員和器材的計畫的話就另當別論了。

「實玖瑠發出慘叫聲然後很痛苦地倒下來。」

朝比奈猶豫了一會兒，然後喃喃自語似的「……啊」了一聲往前傾倒。兩手伸出，整個人趴倒在地上的朝比奈，旁邊則站著那個才剛拿走她的魂魄，像死神一樣的長門。我拍下了這個景象，而古泉則從頭到尾都拿著反光板站在旁邊。

圍繞在我們四周，那些旁觀者的視線讓我有如芒刺在背。

春日終於大發慈悲，賜給我們一段休息時間，我們累得圍坐在地上。

春日將我拍下的影片倒帶播放，帶著煞有其事的表情喃喃自語著。

幾個小孩走到朝比奈和長門之間問道：「這是什麼電視節目？」朝比奈只是虛弱地面露微

笑搖搖頭，而長門則完全無視於他們的存在，與大地合為一體。

春日從頭到尾都沒有說明我拍的影像會變成什麼畫面，所以我完全一頭霧水，不過超級導演此時卻說接下來要前往附近的神社。休息時間已經結束啦？

「那邊有鴿子。」

她好像是這麼說的。

「要拍下實玖瑠跑在以鴿子翩翩飛舞為背景的畫面！可以的話，我希望全部都是白色的鴿子，不過現在沒辦法多做要求了。」

我想現在也只找得到家鴿了。春日將自己的手臂纏在已經累得精疲力盡的朝比奈的手臂上（大概是怕她逃跑吧），穿過森林公園，似乎正朝著縣道走去。我跟古泉分工扛著器材，帶著像前往叢林中進行採訪攝影的工作人員，在當地聘請的苦力一樣的表情跟在後頭，我們抵達的地方是山中一座巨大的神社。好久沒來了，自從小學遠足之後就沒再來過了。

春日站在神社內寫著「禁止餵食」的看板前面，以一副企圖讓枯木開花似的表情，光明正大地撒著麵包屑。我只能說，她大概不認識字。

幾乎要將整個地面都淹沒了的鴿群立刻就圍了上來，還有鴿子不斷地從空中降落。完全罩上鴿子羽毛色彩的神社看起來挺不舒服的。朝比奈依照指示，一個人站在鴿海當中。我從正面拍下了那個雙腳不斷地被啄食著，嘴唇不停地顫抖著的女服務生。我到底在幹什麼啊？

春日在畫面之外拿著從朝比奈那邊拿來的手槍，解除了安全裝置。還沒搞清楚她想幹什麼時，突然之間她就朝著朝比奈的腳邊一陣掃射。

「啊～！」

朝比奈驚慌失措的表情是如此逼真，我從來沒有看過。那些和平的象徵們因為春日這種可能會被愛護動物協會群起圍攻的行為，嚇得一邊咕咕叫一邊群起飛向天際。

「就是這個！這就是我要的畫面！阿虛，給我好好拍下來！」

攝影機正在轉動，應該可以拍下來吧？朝比奈置身於四處飛竄的鴿子漩渦當中，抱著頭蹲踞了下來。

「喂！實玖瑠！妳幹嘛蹲下來？妳要用群起飛舞的鴿子做背景，朝著這邊走過來呀！站起來！」

看來現在不是悠哉拍片的時候。因為一個看起來像神社神官的叔叔代替愛護動物協會的人，從我所窺視的觀景窗後頭飛奔而來了。因為他穿著裙裝，所以我想應該是跟神官相關的人。我有所覺悟，少不得要聽他說教一番，這時春日毫不猶豫地使出最後的手段。

她將拿在手上的CZ或SIG（註：槍械的品牌）什麼的模型槍對著那個叔叔發動攻擊。我看到一個神官（應該是）彷彿站在灼熱的鐵板上不停地舞動著。我想大概會引來銀髮族服務振興會的抗議。

「撤退！」

春日大叫一聲，隨即轉身跑走了。至於長門，我不知道她是什麼時候離開的，竟然已經在遠距離之外的牌坊底下等我們了。我跟古泉兩人各自拉起可能會來不及逃跑的朝比奈其中一隻手，將她和行李一起扛了起來。

導演逃跑了，總不能讓女主角當代罪羔羊吧？

十分鐘之後，我們坐在路邊一家類似得來速之類的餐廳角落，吃著不知道為什麼要由我請客的午餐。

「也許我錯過了一件事。我想，讓那個老神官扮演敵人一角會比較有即興的效果。」

春日胡說八道一些幾近犯罪邊緣的事情。

朝比奈吃了三根麵條之後就趴在桌上。

「實玖瑠，妳吃太少了，這樣怎麼長得大呢？光長胸部只會吸引一些核心影迷哦。妳得挺直背才行。」

春日一邊說著一邊將朝比奈的麵條一把搶了過來，用力地吃著。

我知道喔。我不知道要過幾年，但是我知道，朝比奈的臉蛋和身材都會成長到足以被選為世界小姐的水準。雖然好像連她本人都不清楚。

古泉一直在苦笑。長門默默地將綜合三明治送到嘴巴，鼓著臉頰使勁地嚼著。我將吃完的盤子推到一邊，對吃了兩份午餐的春日說道：

「要是那個神官向學校告狀的話怎麼辦？古泉身上的制服洩漏了我們的身分。」

「應該沒問題吧？」

春日實在樂觀得可以。

「我們跟他間有一段距離，再加上那種夾克到處都有，就算有人說什麼，也只要裝不知道就好了，當成不干我們的事。光是ＢＢ彈是不能成為證據的。」

我看著塞滿了證據的攝影機。心想，要是這部片子上映的話，不就什麼都洩漏了嗎？我不認為這附近會有兩個以上的女服務生在神社裡被鴿群圍繞。

「那麼接下來要去哪裡？」

「再回公園廣場去。仔細想想，光是那樣的場景是沒辦法營造戰鬥氣氛的。想要抓住觀眾的心，需要更激烈的動作。嗯，我有很多點子，像是在森林中拚命逃跑的實玖瑠，還有緊追在後的有希。然後實玖瑠從懸崖上掉下去，給果被恰巧經過的古泉給救了一命。這樣的故事發展如何？」

真是一個八股的故事發展啊。恰巧經過這種山林，而且還穿著制服的男高中生是什麼東東啊？那也未免太奇怪了吧？春日這個「怪咖」，搞不好會真的把朝比奈從懸崖上推下去。既然如此，春日，不如妳掉下去吧？妳扮演朝比奈的角色，穿上這一身衣服。唔，胸部或許會有一點差別……

正當我這樣想著時，春日吊起眉毛瞪了我一眼。

「你在想什麼？不會是在妄想著我穿女服務生制服的模樣吧？」

確實被妳說中了。

「我可是導演耶，才不會喜孜孜地出現在螢幕上呢。如果要我追兩隻兔子的話，我一定會被樹根絆倒，跌個狗吃屎。」

妳不也兼製片嗎？

「幕後工作人員可以同時身兼好幾職。不過，像浮雕寶石之類只出現一瞬間的角色或許還不壞。加入一些遊戲元素更能搔動狂熱分子的心。」

妳到底是以哪裡的狂熱分子為對象啊？朝比奈狂熱分子嗎？到目前為止，整部影片不過是朝比奈實玖瑠的制服特集啊！……不過仔細想想，這樣也就夠了。

古泉以優雅無比的動作將牛奶放回桌上。

「登場的人物只有我們三個人嗎？」

笨蛋！別問不必要的問題。

「這個嘛……」

春日的嘴巴嘟成了她思考事情時的特有模樣。這種事情不是事前就應該考慮的嗎？

「三個人好像是少了一點。嗯，是太少了。需要配角的襯托，主角才能展現更充沛的生命力。古泉，你真的讓我發現到一件好事。為了表達感謝之意，我要增加你出場的戲分。」

「那……真是謝謝了。」

古泉那帶著笑容的臉上浮起了「完蛋了」的表情。活該！我就是知道打草會驚蛇，所以才什麼都不說的。

可是話又說回來，她打算去哪裡找新的登場人物啊？這傢伙隨機找來的人有七十五%的機率是異類人物。按照順序來看，這一次大概會來個異世界人之類的。只是我覺得那樣的人並不想到這個世界來。

「在打倒首領之前必須先打倒一堆小嘍囉才行。小嘍囉、小嘍囉……」

春日的手指頭抵在嘴唇下方，瞄了我一眼。

「那幾個傢伙應該可以吧？」

我也看出春日心中的盤算了。谷口和國木田。要說帶來拍攝現場也不會造成任何問題的大概就只有他們兩個人了。他們是最安全的，分量不到配角的程度，算是嘍囉中的嘍囉。他們絕對比單獨出現的鬼怪還無害。

「那倒可以。」

我將視線從似乎想要再多加一個人選的導演臉上移開，偷偷瞄著趴在桌上閉目養神的朝比奈。她的睡相還真可愛啊，連假寐時的樣子都一樣迷人。

再把目光移往用力吸著蘇打水的長門那死神一般的臉上，衷心地欣賞著她的面無表情，然後問道：

「那麼接下來呢？要拍什麼？」

春日將麵湯咕嚕咕嚕地灌進肚子，花了一點時間才喝光。

「總之，我要讓實玖瑠吃足苦頭。因為這部電影的主題就是讓一個可憐的少女在飽受折磨之後，最後情勢整個逆轉過來的快樂結局。實玖瑠越是不幸，就越具有情感宣洩（Catharsis）的作用。妳放心，實玖瑠，這將會是個 HAPPY ENDING。」

只有最後才 HAPPY 吧？在這之前，朝比奈只能接受春日導演暴虐的對待。春日到底準備了什麼樣的劇本啊？看來能扮演踩她剎車的角色的人好像只有我一個，我得多注意點，在一旁仔細地守護才行。倒是情感宣洩是什麼東東啊？

朝比奈將她那緊閉著的眼睛微睜了一半，帶著彷彿向我求救似的眼神看著我，那是只有左眼是藍色的特殊眼神。但是她隨即輕輕地吐了一口氣，又緩緩地閉上眼睛。什麼意思？是覺得我靠不住的意思嗎？

在古泉和長門似乎產生不了防波堤作用的現在，只有我，只有我是挺妳的。

但是，在這半年當中，不管我做什麼，也從來沒能制止春日的瘋狂行徑。雖然我並不是沒有感覺到自己的作法就像螳臂擋車般的空虛，但是至少希望她能理解我這種充滿騎士道精神的熱情。

老實說，我覺得自己也沒有真的阻止過春日。半年前，我雖然想過就算倒剪春日的雙臂，也應該要讓她打消創設ＳＯＳ團的念頭，然而就結果論而言，在我還茫茫然的時候，春日就準備好了社團教室和團員，最後連我也一步一步誤入陷阱，成了團員之一……這是現實的結果。

但是，如果我可以拿著棍棒從背後敲打這個女人的後腦杓，或者出其不意地發動攻擊加以制止的話，也許我就不會遇上朝比奈或長門和古泉等人了，或是我可以用別的方式認識他們。也就是說，或許我根本就不知道他們是外星人或未來人等等之類令人難以相信的真實身分，跟他們只是以普通同學或學長姊或其他不相干的模式，在走廊上擦身而過而已。

別問我哪一種方式比較好？因為我已經聽過這三個團員的自我ＰＲ，而且也見識過長門可怕的力量，還有儼然成為另一個人的朝比奈，甚至目擊眼珠變成紅色的古泉。如果前往另一個多次元世界，或許會存在著一個從來就沒有跟春日或其他三個人講過話的我，所以有問題就去問那個「我」吧，我什麼都不知道。

沒辦法斷然地說我什麼都不知道正是我目前所面臨的處境。拍攝電影，嗯，好個草率的校慶活動。沒什麼好奇怪的吧？奇怪的是春日的腦袋瓜，不過那是早就知道的事情，所以現在也沒有什麼好驚訝的。春日突然就說要拍電影，事實上這傢伙說些蠢話也不是什麼新鮮事了，所以在我看來，這只是定期的例行工作而已，隨便敷衍一下應該就可以了吧——

我是這麼想的，所以也沒有阻止她拍攝電影。管她是導演還是什麼，妳喜歡就去做吧！妳就隨心所欲地操控妳身邊的人吧！如果這樣可以讓妳心情好過一點，那麼我也就壓抑住內心不斷的嘆息，捨命陪君子了。因為和妳兩個人被封閉在來歷不明的空間當中，是我最不希望發生的事情。

我望著氣勢凌人的春日和癱軟的朝比奈，還有微笑的古泉，以及像面具一般沒有表情的長門，心裡這樣思索著。

我並不知道後悔沒有阻止春日的時刻馬上就到來了。

我們又回到了森林公園廣場。難道就不能稍微修正一下這種沒有效率的計畫嗎？早知如此，那麼在前往神社之前就該好好拍了嘛！最根本的問題在於劇本只存在於春日的腦袋當中。形諸文字果然是很重要的事情，文字情報真是太偉大了。

「我看還是放棄手槍好了。本來以為會射出很驚人的子彈的，沒想到既沒有熊熊的火焰，也沒有聲音，一點臨場感都沒有。我覺得一點效果都沒有，模型果然是不行的。」

春日好像把山土模型玩具店當贊助者似的，一邊說著一邊用運動鞋的鞋尖在地上畫了兩個大大的X字。大概是在定出朝比奈和長門站的位置吧。

「實玖瑠站在這裡，有希站這裡。」

「唔。」

從一大早就被耍得團團轉的朝比奈，踩著彷彿已經將一天份的卡路里都消耗掉了似的踉蹌腳步，完全沒有抵抗餘地，以一襲充滿情色味道的女服務生打扮上場，精神上的疲勞似乎已到了極限。她的一舉一動就像個洋娃娃，好像已經超越羞恥，退化到幼兒階段一樣。

至於長門，她本來就是個洋娃娃，默默地移動到被指定的位置，默默地站著。黑色的斗篷在由高處吹拂而下的山風中翻飛著。

春日用指尖轉著從朝比奈手中搶過來的模型手槍說道：

「不要離開這個位置，我想拍攝妳們互相瞪視的畫面。古泉，準備好反光板。」

然後春日回到導演椅上，將槍口朝上奮力地扣著扳機。

「ACTION！」

她扯開喉嚨大叫一聲。

我趕緊拿好攝影機，不過朝比奈大概比我更慌張吧？ACTION？春日只交代要站好，沒交代要人家做什麼ACTION啊？

「……」

長門和朝比奈默不作聲，互相看著對方的表情。

「那個……」

朝比奈先把視線移開。

「……」

長門定定地看著朝比奈。

「……」

朝比奈也沉默了。

就這樣，在滿山山風的吹拂當中互相凝視的畫面就這樣永無止境地延續下去。

「夠了！」

不知道為什麼春日生氣了。

「這樣怎麼作戰？」

因為她們兩個人只是一味地站著。

把手槍換成擴音器的春日大步走向朝比奈，用力地敲打那一頭她自己綁起來的，看起來輕柔無比的栗色頭髮。

「實玖瑠，妳聽好了。就算妳再怎麼可愛，也不能這樣就鬆懈了。可愛的女孩子到處都是呀！如果妳安安穩穩地過日子，很快就會被其他年輕女孩子追過去的！」

妳到底想說什麼？

朝比奈無辜地壓著頭，春日則語帶開導似的說道：

「所以呀，實玖瑠。要從眼睛中發射出光束來呀！」

「啊？」

朝比奈驚愕地瞪大了眼睛。

「那是不可能的！」

「那隻不同顏色的左眼就是為了這個目的而存在的呀！我可不是吃飽了撐著讓妳的眼睛變成藍色的喲！我的設定是那隻眼睛潛藏著驚人的威力，也就是說那個驚人的威力就是光束。實玖瑠光束，發射出來！」

「出、出不來！」

「使出力道來！」

春日將朝比奈的頭夾在腋下，用黃色的擴音器敲打著她的頭。

發出哭叫聲直喊痛的朝比奈真是太悲慘了。我將攝影機交給已經放下反光板，正興味盎然地看著這一幕的古泉，一把抓住春日的脖子。

「住手，妳這個笨蛋！」

我從殘暴的超級導演手中將嬌小的女服務生給扯了開來。

「正常人的眼睛會射出光束嗎？妳是白痴啊？」

看看用兩手抱著頭的朝比奈吧！她正可憐兮兮地清淚縱橫著，沒錯，要說能從她圓滾滾的眼睛中飆出來的，頂多就是珍珠般的淚水。

「哼。」

春日就著被我揪住衣領的樣子把臉撇向一邊哼著。

「這種事我還知道。」

我鬆開了手，春日則拿擴音器敲著自己的脖子。

「我只是想告訴她要有足以射出光束一樣的氣勢，因為她完全沒有主角該有的霸氣。你也真是個不懂得幽默的傢伙。」

就因為妳的幽默根本不是幽默，這才教人傷腦筋。要是朝比奈真的有發射光束的機能的話怎麼辦？

……應該不會有吧？

我不安地將目光轉向朝比奈，用眼神向她示意。朝比奈帶著怪異的淚眼抬頭看著我。那對圓滾滾的眼睛眨啊眨地，脖子還微微地歪著。看來我的眼神是沒辦法跟朝比奈相通的。正當我這樣想時，古泉這時便大言不慚地走上前來對春日提出諫言。

「那種效果在拍完之後以ＣＧ處理應該就可以解決了吧？」

手上拿著衛生紙盒的古泉帶著親切無比的騙子笑容，將紙盒遞給朝比奈。

「涼宮同學不是一開始就這樣打算的嗎？」

「是這麼打算沒錯。」春日說。

真是怪了，我心裡想著。

朝比奈用衛生紙擦乾眼淚，擤過鼻子之後，以可疑的表情看著春日又看看我。

長門就像一個十分引人注目的黑子（註：在日本傳統人偶戲中，身著黑衣、操縱人偶的工作人員）一樣，默默地站在風中。太陽怎麼還不快點下山？因為光線不足而無法繼續攝影的時間真是漫長而難以等待啊。

「剛剛的ＮＧ，再重拍一次。」

春日說道，開始跟朝比奈商討關鍵性的姿勢。

「實玖瑠光束！妳要一邊大叫一邊做出這個動作。」

「這、這樣嗎……？」

「不對，是這樣！還有，右眼要閉起來。」

春日的構想大概是將左手放在左眼旁邊做出V形手勢，然後一眨眼就發射出光束。

「實玖瑠，妳說說看。」

「……實實實、實玖瑠光束！」

「聲音大一點！」

「實玖瑠光束！」

「不要害羞，大聲！」

「唔……實玖瑠光……束！」

「用丹田發聲！」

什麼東東啊？

春日強迫紅著臉拚命大叫的朝比奈做腹式發音。在廣場上蹓躂的小孩子和他們的家人們投過來的視線真叫人難以忍受。很想告訴他們沒什麼好看的，但是我們拍的本來就是電影，不折不扣就是雜耍團。其實光拍這種早就安排好的畫面也不錯吧？我是不知道春日式的快樂故事到底有多快樂，不過如果要用來推銷朝比奈的話，其實已經太過了。

過了一會兒，朝比奈和長門回到戰鬥位置上，古泉拿著反光板擺出高舉雙手大呼萬歲的姿勢站在一邊，春日則傲慢地躺在導演椅上，我繞到長門背後，在距離她黑色的背影約兩公尺左右的地方，隔著她的肩膀拍攝朝比奈，這也是春日所指示的拍攝角度。

之後發生了突發的變化。

「好，然後是光束！」

春日么喝一聲，朝比奈便缺乏自信地擺出了那個姿勢。

「實……實玖瑠光束！」

在攝影機鏡頭下出現的是帶點自暴自棄的不自然聲音，以及可愛地嬌喊著的眨眼動作。

那一瞬間，我窺探著的攝影機觀景窗突然變成一片漆黑。

「啊？」

我無法理解發生了什麼事，我甚至懷疑是攝影機故障了。我將眼睛從手提攝影機移開，看著站在我眼前那一身不吉利的服裝和尖頂帽。

「…………」

長門在我眼前做出握拳狀。原來蓋住鏡頭，讓整個視野變暗的元凶是長門的右手。

「啊？」春日也愕然地張大了嘴巴。

春日所畫的X記號在我前方兩公尺遠的地方，長門剛剛確實是一直站在那裡的。當春日大喊ACTION，而朝比奈嬌喊出聲時，手提攝影機還確實拍到了長門的黑色背影。為什麼在那之

後不到一秒鐘的時間，長門就舉起好像握住什麼似的手站在我眼前制止我？這樣的變化只能用空間歪曲來形容。

「咦？」春日也不解地說道。「有希，妳是什麼時候跑到那邊去的？」

長門沒有回答，只將像串珠似的眼睛朝向朝比奈。而朝比奈也瞪大了眼睛，露出驚愕的表情，然後緩緩地眨著眼睛——

長門的手再度以光速般的速度移動了，就好像捕捉空中飛舞的蚊子般往半空中一抓。原本應該拿在她手上的星星天線棒跑哪兒去了？

嗯？剛剛好像有什麼細微的奇怪聲音，彷彿是點了火的火柴掉到水溝去的聲音。

「啊……？」

發出困惑聲音的是朝比奈。她大概不了解發生了什麼狀況吧？我也不了解。長門到底在幹什麼？

朝比奈彷彿求救似的把視線轉向旁邊——不自然的聲音從古泉的方向傳來。那是我不可能聽錯的，好像爆胎的輪胎洩氣的聲音……

古泉拿在頭頂上的反光板——在保力龍上貼上白色厚紙的廉價替代品——竟然斜斜地被切斷了。難得說不出話來的古泉望著切半落下下的反光板，一臉茫然，但是我並沒有悠哉觀看這幅寶貴景象的心情。

長門有了動作，只有長門。

黑色的影子往地上一踹，輕輕降落的地點是朝比奈的正前方。長門用從斗篷底下伸出來的右手一把抓住朝比奈的臉。那纖細的手指彷彿蓋住朝比奈的眼睛似的，深深崁入她的太陽穴。

「啊……長、長門……！」

長門拐了朝比奈一腳，將主演的女服務生給壓倒在地。死神以騎馬的態勢坐在那豐滿的胸口上。朝比奈發出慘叫聲，手握著發動攻擊的長門細瘦的手臂。

「呀！」

我終於清醒了過來。什麼跟什麼？本以為長門瞬間移動妨礙了我的攝影，沒想到接下來是古泉的反光板斷成兩截，接著是外星人襲擊了未來人。春日什麼時候交代她們兩人要這樣演出——好像也不是這樣。因為導演也跟我和古泉一樣嚇得啞然失聲，應該不是因為她們兩人的演技太逼真了吧？

「……卡！」

春日站了起來，拿擴音器敲打著椅子。

「等一下，有希，妳在搞什麼？沒有這樣的安排啊！」

長門默默地坐在露出大半段白皙的大腿，四肢不斷掙扎著的朝比奈身上，而且手還抓著她的臉。

我聽到有人小聲地嘟噥著，回頭望向聲音來處，只見古泉凝視著反光板的切口，扭曲著嘴角。發現我在看他，古泉對我使了個奇怪的眼色。那是什麼意思啊？

算了，不管古泉意有所指的視線了。現在最要緊的是得想辦法制止莫名其妙發動攻擊的長門。我拿著攝影機跑向扭成一團的女服務生和黑漆漆的魔法師。

「喂，長門，妳在幹什麼？」

寬邊帽慢慢地轉過來對著我。長門那像黑洞一樣的漆黑眼珠看著我，小小的嘴唇眼看著就要張開了。

「…………」

我本來期待她會說些什麼，最後還是落空了。長門露出好像找不到適合的話似的表情，默默地閉上嘴唇，又慢慢地站了起來。右邊的黑色斗篷動了一下，手就縮回到衣服底下了。

「嗚……」

仰躺在地上的朝比奈飽受驚嚇。當然會嚇壞了，如果長門面無表情地靠過來，還把我拖倒在地上的話，我也會嚇死的。因為長門現在的模樣，如假包換就像人們在夜晚的道路轉角最不想碰到的黑魔道士。換作是幼稚園小朋友的話，只怕會嚇得尿出來呢。

「…………」

將寬大的尖頂帽深深地壓到眉眼處的長門動也不動，直勾勾地看著我。

我支起全身顫抖的朝比奈，幫助她起身。朝比奈一邊嗚咽著一邊落下淚來。被長長的睫毛圍著的眼睛被淚水沾濕，益發增加了她的魅力……咦？

「真是夠了，妳們兩個人在搞什麼啊？不要演出劇本上沒有的情節。」

連劇本都沒寫的導演走了過來，和我同時發出「咦？」的疑惑叫聲。

「實玖瑠，妳的隱形眼鏡怎麼了？」

「啊……」

緊抓著我的手臂哭泣的朝比奈將手指抵在左眼下方。

「咦？」

也難怪我們三個人都會納悶，這種時候只能詢問掌握整個事態的人了。

「長門，妳有沒有看到朝比奈的隱形眼鏡？」

「不知道。」

長門面不改色地回答。我覺得她在說謊。

「難道是剛剛打鬥時掉出來了嗎？」

春日判斷錯誤，低頭環視著四周的地面。

「阿虛，你也幫忙找找看，那東西可不便宜，是相當好的東西耶。」

我陪著四處爬行的春日尋找著，整個人也趴在地上。雖然我知道這是白費力氣。我好像看到從朝比奈身上退開的長門右手上輕輕地抓住什麼東西，然後又縮了回去。然後，把人壓倒在地上的長門伸手去抓朝比奈的臉。

「怎麼都找不到啊？」

春日嘟著嘴說道。對她有點說不過去，因為我並沒有認真在找。回頭一看，古泉正拿著那一分為二的反光板玩起接合又拉開的遊戲。你好歹也做做樣子一起找吧！

古泉面帶微笑。

「或許被風吹走了，因為那東西很輕。」

古泉滿嘴胡言亂語，把反光板的殘骸拿給我看。從地上爬起來的春日一把搶了過去。

「怎麼了？斷了啊？哼，果然便宜沒好貨。唉，學校的攝影社裡果然只會買一些爛東西。古泉，你用膠帶從後面貼起來。」

春日滿不在乎地說道，隨即把她那像鱷魚一樣的眼睛轉向一臉愕然、淚水已經止住的朝比奈。

「沒有彩色隱形眼鏡就不連戲了，怎麼辦？」

她似乎很認真地思索著，隨即好像腦袋裡閃過燈泡的光芒般彈了一下手指。

「對了！就設定變身之後眼珠的顏色就改變了！」

「變、變身？」朝比奈問道。

「對呀！如果是平常就穿女服務生制服那也未免太不實際了。這一身裝扮就設定是變身後的模樣，平常就穿比較正常的衣服。」

我覺得想在虛構的故事當中尋求真實感的人腦袋一定有問題，照春日的意見聽來，就等於她自行承認女服務生是不尋常的。朝比奈也把頭前後用力地點著。

「好、好啊！我很想有比較正常的打扮。」

「所以，實玖瑠的正常衣服就是兔女郎！」

「啊！為為為什麼？」

「因為只有那一件衣服啊。如果穿上真正的家居服的話，從畫面上看來就一點都不華麗了。等一下！至於設定，我現在想到了。也就是說，實玖瑠的平常形象是在商店街吸引客人的兔女郎，一旦感受到危機就立刻變身！變成戰鬥女服務生。怎麼樣？很完美吧？」

剛剛不是才說太不實際什麼的嗎？

「好，立刻行動。」

春日的嘴巴翹成月牙形，帶著危險的微笑，將朝比奈的手臂環到自己背上，並抓住她的手腕，然後將那個不斷發出「啊，等一下，好痛！」慘叫聲的女服務生帶進森林當中。

嗯。

……唔，這樣也好。我只能雙手合十跟朝比奈表示歉意，因為春日在此時消失是求之不得的事情。我會對兔女郎充滿期待，我不會讓妳白白犧牲的。

……是的，那也好，我必須找長門把事情問個清楚。

「說吧，那是什麼即興表演啊？」

長門面無表情地用左手壓著尖頂帽的帽沿。她將大半張臉藏在帽子的陰影當中，同時慢慢地伸出右手來。雖然斗篷整個罩在制服上，但是看得到伸出來的手穿著水手服的袖子。長門將右手的食指朝上，食指上則放著藍色的隱形眼鏡。

果然是妳搶過來了？

「這個。」

長門喃喃地說道。

「雷射。」

她說完又噤口不語了。

…………

喂，我一直都想告訴妳，妳的說明方式根本沒有達到必要的最低限度耶！至少說個十秒鐘左右吧！

長門凝視著自己的指尖。

「具有高指向性（註：光束極細，不會像普通光線擴散的光）的不可見同調光。」

她用非常緩慢的速度說道。哦，原來是具有高指向性的不可見……

真是抱歉，我越聽越糊塗了。

「雷射？」我說。

「是的。」長門說。

「那真是讓人驚訝啊。」古泉說。

古泉用手指頭抓起隱形眼鏡，拿到光線底下仔細地觀察著。

「看起來像是普通的鏡片啊。」

他說出了讓人「非常佩服」的話。但我實在不和道有什麼好驚訝的，所以當然沒辦法「佩服」。

「什麼意思啦！」

古泉面帶微笑說。

「能不能讓我看看右手的手掌。不是你的，是長門同學的。」

黑衣少女看著我，因為她的眼神就好像在等待我的許可一樣，所以我只好點點頭。確認了我的同意之後，長門將食指以外其他四根緊握的手指頭攤開，我不禁倒吸了一口氣。

「……………」

我們三人之間掠過一陣沉默的風。我產生了一股寒意，終於了解了。原來是這麼回事啊？

長門有著簡單手相的右手掌上開了幾個焦黑的小洞。如果用燒紅的火鉗刺手的話，大概也會形成這樣的黑洞吧？而且大約有五個左右。

「我沒辦法把它封住。」

別說得這麼輕鬆，光看就覺得很痛了。

「力道很強，一瞬之間。」

「雷射光從朝比奈同學的左眼射出來嗎？」古泉問。

「是的。」

什麼叫是的？古泉也一樣秀逗了嗎？他們到底搞清楚狀況了沒啊？

「我立刻修正。」

長門說道。就在我們定定地注視著的當兒，她手上的黑洞便以迅雷不及掩耳的速度被填塞起來，恢復原有的白皙肌膚。

「這是怎麼回事？」

我只有驚訝的份。

「朝比奈真的從眼睛裡射出光束嗎？」

「那不是粒子加速砲，是凝集光。」

都無所謂啦。管它是雷射還是鎂射，或者是原子熱線砲（註：原文為マーカライトファー

プ，為東寶電影《摩斯拉》中，為了攻擊摩斯拉的繭所使用的武器），在外行人看來都是一樣的。誰曉得帶電粒子砲和反陽子砲有什麼不同？只要能夠對付怪獸就沒問題了。

現在的問題是，明明沒有怪獸出現，朝比奈為什麼要發射原子熱線砲呢？

「不是原子射熱砲，是光子雷射。」

我不是說無所謂嗎？我不需要這種科學考證。

長門默默地收起了右手。我抱著頭，古泉則用手指頭彈著那片隱形鏡片。

「這是朝比奈本來就具備的機能吧？」

「沒有。」長門斷然地否定了。「現在的朝比奈實玖瑠是普通人類，以這種個體而言，她跟一般人沒什麼兩樣。」

「這個彩色隱形眼鏡是不是有什麼特殊的結構？」古泉仍然緊追不放。

「沒有，只是裝飾品。」

應該是吧？再說帶隱形眼鏡來的是春日。話又說回來，這才是最大的問題。不是別人，正因為那是那傢伙帶來的，所以才更不容忽視。

這是必須追根究柢的事情。要不是長門幫我擋住，從朝比奈的眼睛射出來的雷射光線就會穿過攝影機的鏡頭，貫穿我的眼珠子，並燒掉其他各種東西之後，從我的後腦杓飛射而出吧？尤其是我的腦漿鐵定會燒得焦臭，這可不是好玩的事情啊。

話又說回來，老是被長門所救，我還真丟臉。

「這麼說來──」

古泉一邊摸著下巴一邊露出苦笑。

「這是涼宮同學做的好事囉？因為她一直想要實玖瑠光束，所以現實就照她的想法產生變化了。」

「沒錯。」

做此保證的長門還是一點表情都沒有，我可沒辦法這麼鎮定。

「等等！這片隱形眼鏡應該沒有施什麼魔法吧？為什麼只因為春日的希望，就能射出殺人的光線呢？」

「涼宮同學不需要魔法或什麼科學技術。只要她覺得某事『存在』，事情就會真的『存在』。」

別以為我可以接受這種狗屁倒灶的理由。

「春日又不是真的要朝比奈發射出光束？那只是她在電影中的設定。她不也說了嗎？說那只是玩笑。」

「是啊。」

古泉也點點頭。別這麼容易就接受我的反駁，這樣我怎麼繼續說下去呢？

「我們都知道，涼宮同學是個具有一般常識的人，但是這個世界的常識不適用於她也是不爭的事實。這次大概也是某種特異的現象吧？那是……啊，她們回來了，這件事以後再談。」

古泉若無其事地將隱形眼鏡放進他襯衫的口袋。

真是傷腦筋。

利用人類的機智跟某種東西作戰以防止世界毀滅；盡情地打擊壞蛋；在正常的世界觀中煞有其事地進行某種程度的超能力對戰，其中再穿插著適當的感情戲等等——

老實說，這才是我中意的故事。如果非得面臨這種情況的話，我寧願被捲進從一開始就是虛擬的設定故事當中，而且越脫離現實越好。

可是看看我現在落到什麼地步？只因為我跟某個同學講話，就成了一切災禍的來源，身邊盡是一些莫名其妙的傢伙，做的盡是一些莫名其妙的事情。從眼睛裡射出光束？這是什麼東東啊？有什麼意義嗎？

仔細想想，從朝比奈、長門、古泉這謎樣的三人組來看，他們沒有一個人的身分是可以攤在陽光底下的。他們都隨便地自我介紹，但是我的腦袋卻直得可以，竟然相信那種事。就算曾經經歷過不得不相信的體驗，但凡事都有所謂的程度，我也有屬於自己的標準。雖然目前這種衡量的標準漸漸地變得越來越奇怪了。

根據他們本人的聲明，朝比奈是來自未來的未來人。她沒有告訴我是來自西元幾年，只知道她來的理由——觀察涼宮春日。

長門是由地球外的生命體所製造的連繫裝置外星人。「那是什麼東東？」問了也是白問。連我都這麼想了，我相信有一半左右的人都不會懂吧？至於為什麼會有這種東西在地球上？聽說是長門那個叫資訊統合思念體的頭頭對涼宮春日非常有興趣的關係。

至於古泉則是由一個叫「機關」的謎樣組織派遣而來的超能力者。這傢伙轉學過來是他的任務之一，工作是監視涼宮春日。

至於扮演整件事情關鍵角色的春日，雖然和三個擁有如此異樣來歷的人牽扯如此之深，但是到目前為止卻不了解這些人的存在。據朝比奈的說法是「時間的歪曲」，長門則說是「自律進化的可能性」，而古泉則簡單且誇張地稱呼她是「神」。

真是的，真是辛苦各位了。

雖然辛苦，但是請你們盡快想辦法解決春日吧！否則這個女團長大概會永遠像個謎團，以彷彿中性子星的引力將我禁錮在重力圈當中吧？現在倒還好，可是想想十年後的景象吧！要是到時候的春日還是像現在這個春日一樣的話怎麼辦？一定會很傷腦筋的。非法佔用社團教室、帶著銳利的目光在街上橫行、無意義地引發騷動、做出發怒及情緒不穩的行為等等，人們頂多只能容忍她到十幾歲。待年紀增長之後可就沒這麼好的事了。到時候她就會變成一個社會適應不良者。難道朝比奈和古泉、長門打算到時候還陪著她做些什麼事嗎？

容我先行退下。很抱歉，我一點都沒有這個打算，因為時間是不等人的。人生的RESET鈕是不能輕易按下的，某個地方的後巷裡也沒有標識儲存點數的地方。

這跟春日是否歪曲時間、使情報爆炸、毀壞或創造世界是無關的。我是我，她是她。我沒辦法永遠陪一個孩子玩躲貓貓的遊戲。就算我想這麼做，回家的時間終究會到來。可能是幾年後，可能是幾十年後，不管如何，總是會到來的。

「你要抱怨到什麼時候啊？應該早就習慣了吧？」

我看到春日從樹林間將朝比奈給「扛」了出來。

「請妳像個職盡的女演員。乾脆地脫光衣服是通往藍帶賞（註：日本電影界極具有歷史的獎項）新人獎的捷徑耶！這次拍片我可沒有要妳脫個精光，人總得要愛惜羽毛嘛。」

春日的架勢就像逮到兔子的獵犬一樣。春日拖著穿著看起來在泥地上很不好走路的高跟鞋的兔女郎朝比奈，帶著明朗得幾乎要讓人打噴嚏的笑容回來了。

「如果這部電影成功的話，我就用票房收入帶大家去泡溫泉。是慰勞旅行哦！慰勞旅行。實玖瑠也想去，對不對？」

可是……算了，說的也是。在結束之前，我就陪著她瘋吧！我之所以跟妳混在一起，是因為我也置身於妳所拍攝的電影設定故事當中。如果我站在古泉一樹的立場的話，那就更萬無一失了，只可惜我好像沒有什麼不為人知的力量。

現在就姑且讓我乖乖地扮演妳的跟班角色吧。

再過幾年，我應該就可以笑著跟某人提到「對哦，當時還發生過這種事呢」了吧？

大概是吧？

兔女郎朝比奈比做女服務生打扮時更顯害羞地走著，只有春日一個人滿面春風。妳得意個什麼勁兒啊？

我假裝調整攝影的焦距，將朝比奈的胸部放大。就是那個，得先確認過才行。

朝比奈白皙的左胸口上有一顆小小的痣。仔細一看，那顆痣是星形的。確認結束，這個人確實是我的朝比奈，不是假冒的。

「你在幹什麼？」

鏡頭前面突然出現春日的臉。

「不能拍攝我不要的畫面哦，因為這可不是你的家用攝影機。」

我知道好嗎，證據就在於我並沒有按下錄影的按鍵，只是看看而已。

「好！各位注意！同時準備好！接下來我們就要拍攝實玖瑠的日常生活了。實玖瑠要以很自然的感覺在那邊走動，攝影機要追上去。」

日常生活中會以一身兔女郎的打扮在這種森林公園中出沒？

「無所謂啦，在這部電影中那是很普通的事。將現實尺度套用在虛擬故事中才奇怪呢！」

那是我該對妳說的台詞耶！就因為妳把虛擬的尺度帶進現實生活中，才會使整個情況顛倒過來的！

之後，朝比奈在不知道自己發射出殺人雷射的情況下，接受春日的演技指導，反覆做出摘摘公園的花、撿起枯葉輕輕將葉子吹飛、在草地上跳來跳去等等的動作，漸漸地整個人都快癱掉了。

致命的最後一擊是春日這句話。

「嗯，以山為背景好像太顯眼了，兔女郎應該是不會在山裡走動的。我們到街上去吧！」

春日面不改色地將自己先前所說的話整個推翻掉，因為她這句話，我們就必須再度搭上巴士回到城裡。

現在暫時不用負責燈光工作的男主角古泉，將用膠帶補強過的反光板和我塞給他的一半行李抱在腋下，一手抓著吊環。

我站在他旁邊，而更旁邊則是化為一道黑影般的長門。只有春日和朝比奈坐在空空蕩蕩的座位上。從我手中搶走攝影機的春日坐在兩人座的椅子上，從側面拍攝朝比奈。

朝比奈一直低垂著頭，輕聲細語地回答春日提出的問題。我猜內容的設定大概是導演在訪問女主角吧？

巴士一邊在山路上蜿蜒前行一邊往住宅區駛下山去。我心中暗自禱告著，請司機別老是看著後視鏡，請你專心地看著前方開車。

或許是我的禱告有效吧？巴士平安地抵達了終點站車站前面。這時車內的乘客都閃了開來，幾乎所有人的視線都集中在春日、朝比奈和長門身上。搖搖晃晃的兔耳朵，還有從背後看到的白皙肩膀實在太具殺傷力了。朝比奈兔女郎版的傳聞應該不只會在北高傳開來，只怕全市都已經知道了。

或許這就是春日的目的。「昨天巴士上有一個很漂亮的兔女郎哦」「啊，我也看過」「你們說什麼東東啊？」「聽說北高裡好像有一個叫ＳＯＳ團的社團」「ＳＯＳ團？」「沒錯，就是ＳＯＳ團」「ＳＯＳ團啊？那我就姑且記住這個名稱好了」等等，她會不會就是期待有這樣的發展啊？朝比奈可不是ＳＯＳ團的廣告看板耶！從某方面來說，她應該是倒茶水的，還有我的精神安定劑。我想她本人也是這麼希望的，一定是。

當然，對春日而言，任何人的希望根本都不會進入她耳裡。因為春日會以令人驚訝的機制，將別人說出對自己不利的話語給彈出耳膜之外，或許是滲透壓的關係。如果我能解開這箇中機制的話，搞不好諾貝爾獎審查委員會會把我列為生物學的候選人名單中。有沒有人想試試？（訣竅就是隨便說說就算）。

這一天一直到太陽下山之前，朝比奈一直扮演著兔女郎的角色。至於問她做了什麼事？其實也只是以這身打扮到處走來走去罷了。這跟以往的不可思議探索行動根本沒什麼兩樣，但是因為同時要在意別人的視線，所以讓她更疲累，而且又擔心不知道什麼時候會有人把警察給叫來。春日似乎沒有拍攝許可的概念，要在什麼地方拍什麼東西是春日的自由，而這種自由就像英諾森（Innocentius）三世時代的羅馬教皇般難以動搖——好像是這樣。她誤解了自由的真義了。

「今天就這樣吧。」

春日終於露出結束了一天工作的表情，除了長門之外，我們幾個人都不禁露出鬆了一口氣的表情。好漫長的一天，明天星期天真想好好休息一下。

「那明天見，集合時間和場所跟今天一樣就可以了。」

真是鬼話連篇的傢伙，難道妳可以幫我們跟學校申請補假嗎？

「什麼話？攝影進度已經落後了耶！現在沒有悠哉休息的時間！等校慶結束之後再休個夠就可以了！在這之前，請各位就當日曆上沒有出現紅字！」

才攝影第二天，難道不能想辦法改善不良的時間分配嗎？落後是什麼意思？也就是說，今天所拍的幾小時影像幾乎都不會派上用場嗎？難道春日打算拍大河劇嗎？這可不是帶狀節目耶，不過是一部因應校慶活動所拍攝的影片啊。

但是春日好像一點都不擔心。她將所有的行李都塞給我，自己只帶著臂章，然後露出無可挑剔的笑容。

「那就明天見囉！我一定會讓這部電影成功的。不對，既然我當導演，成功就已經是囊中之物了，其他的就要看你們的努力了。要按照約定的時間來哦！不來的人我會動用私刑處以死刑！」

她宣告了這個訊息之後，就哼著瑪莉蓮·曼森（Marilyn Manson）的『ROCK IS DEAD』離開了。

「我會轉告朝比奈同學的。」

臨去之際，古泉在我耳邊低聲說道。朝比奈正罩著古泉的運動夾克。如果是冬天，我就會帶外套出來，很遺憾的是現在的季節仍然停留在夏末。我厭倦地看著堆在腳邊的一堆行李。

「轉告什麼？」

「就是雷射的事情啊。只要眼睛的顏色沒變，就不會射出奇怪的光線了。涼宮同學的法則好像就是這樣，所以只要不戴彩色隱形眼鏡就沒問題了。」

這個負責拿反光板的主角對我露出像保險業務員一樣的職業性微笑。

「為了謹慎起見，還是先做好保險吧？她一定會全力協助的。不管怎麼說，光束是很危險的。」

古泉朝著彷彿將玻璃擬人化一般，一身黑衣的長門走去。

我抱著大包小包的行李回到家，妹妹便帶著看到奇怪生物的眼神看著我。把「阿虛」這個愚蠢的暱稱傳播出去的小學生元凶，正鬼叫鬼叫著「那是攝影機嗎？哇，幫我拍幫我拍！」而我只罵了她一聲「白痴」就躲回自己房間了。

我已經快累斃了，想當不良攝影師的意念早就蒸發得一乾二淨了。要是朝比奈的話還另當別論，但是我為什麼要悲慘到將妹妹這種角色拍成影像留存下來呢！根本一點樂趣都沒有。

第四章

第二天，我們又不厭其煩地在車站前集合，但是跟昨天不同的是人員略有變更。三個SOS團以外的新面孔站在我面前。他們就是春日口中的小嘍囉。

「喂，阿虛，跟你說得不一樣耶。」

谷口抗議似的說道。

「美麗的朝比奈在哪裡？你說她會來接我們，所以我們才來的，現在根本沒看到人。」

沒錯，到了約定的時間，朝比奈依然連個人影都沒有，一定是躲在家裡的房間想蹺班吧。因為昨天和前天她都吃足了苦頭。

「我可是為了讓眼睛來吃冰淇淋才來的。現在是怎樣？到目前為止我只看到涼宮爆怒的臉，這根本是詐欺的行為嘛。」

少囉嗦！看看長門也不錯呀！

「話又說回來，長門同學那身打扮倒挺適合她的。」

國木田悠哉地說道，他是繼谷口之後成為嘍囉二號的人選。昨天晚上我在洗澡的時候春日打了電話來。我從妹妹手中接過話筒，一邊洗頭一邊聽她說。

「就是那個笨蛋谷口跟另一個……我想不起名字了，就是你的朋友啊，明天把他們兩人帶來。我要用他們當嘍囉。」

說完她就掛電話了。妳好歹也打聲招呼吧！而且請求別人的時候不該用命令的語氣，而是哀求的口氣吧！就像朝比奈一樣。

我不知道谷口和國木田假日有什麼計畫，洗完澡後就撥了他們的手機，這兩個閒著沒事幹的配角很乾脆地就答應了。你們平常休假日到底都在幹什麼？

大概是覺得兩個男生成不了氣候吧？春日又準備了另一名臨時演員。這個臨時演員彷彿鞠躬似的彎下腰來，還窺探著寬邊帽壓到眼睛的長門。她垂著長長的頭髮，對著我盈盈地笑著。

「阿虛，實玖瑠怎麼了？」

元氣十足說著話的女生叫鶴屋，是朝比奈的同班同學。照朝比奈的說法，她是「在這個時代才認識的朋友」，所以我想她應該不會有什麼奇怪的來歷才對。她是六月份春日說要參加業餘棒球大賽時，朝比奈帶來當幫手的平凡高二女學生。對了，當時谷口和國木田也參加了。連我的妹妹也軋了一腳。

鶴屋很大方地露出她健康而潔白的牙齒說道：

「對了，我們要做什麼？她說要是我有空的話就過來，所以我就來了。別在涼宮同學手臂上的臂章要怎麼說？那個手提攝影機要做什麼？有希那身打扮是幹什麼用的？」

她接二連三提出一堆問題。正當我張開嘴巴要回答她時，鶴屋已經移到古泉面前了。

「哇，一樹！你今天還是很帥耶！」

好忙碌的人。

在精神方面不遑多讓的春日，在一大早就以震耳欲聾的音量和行動電話吵架。

「妳說什麼！妳可是主角耶！這部電影的成功與否妳就佔了三成的原因啊！有七成得靠我的才能啦。那無所謂！妳說什麼？肚子痛？胡說！這種藉口只有小學生能用！我限妳三十秒之內立刻給我過來！」

看來朝比奈突然患了自閉症了。一想到今天也要受到那種待遇，引發精神性腹痛也是情有可原的，因為她是個膽小的人。

「真是的！」

春日憤怒地掛斷行動電話之後，露出馬上要叱責不懂得餐桌禮儀的小孩子的管家一般凶惡的眼神。

「這個人需要受一點懲罰！」

別這麼說。朝比奈跟妳不一樣，人家只想安靜地過日子。至少想利用不用上學的星期假日好好休息一下，連我也這樣想。

春日當然不會讓女主角這樣任性行事。這個沒有付人家演出費還對主角做嚴格要求的女導演說：

「我去把她帶來，那個包包借我一下。」

春日一把搶來放了衣服的包包，就直接衝往計程車招呼站，然後咚咚咚地敲著停在那邊的計程車車窗，讓司機開了車門，再一個箭步飛竄進車內，隨即呼嘯而去。

說到這裡我才想到，我連朝比奈住在哪兒都不知道呢。雖然之前曾經到長門家拜訪過幾次……

「我很能理解朝比奈的心情。」

不知什麼時候，古泉來到我旁邊說道。

鶴屋對著我班上那對活寶說：「啊，好久不見了！」同時不停地行著禮。古泉面帶微笑看著這個景象說：

「我覺得再這樣下去，她可能會變成真正的變身女主角了。再怎麼說，連雷射光線都出現了，實在太誇張了。」

「你告訴我還有什麼事情不誇張的？」

「說的也是。如果要從嘴裡吐出火焰的話，訓練起來也是很容易的……」

朝比奈又不是怪獸，也不是藝人，更不是什麼邪惡的摔角選手。要是那可愛的嘴唇被火燙傷的話怎麼辦？誰能負起這個責任啊？你總不會率先想負起這個責任吧？

「不，要說會讓我產生責任感的事，那就是袖手旁觀以至於讓《神人》失控的時候。還好，還沒有演變成那種事態……啊，是有一次吧？那個時候還真是謝謝你了。拜你之賜，災情並沒有擴大。」

大約半年前左右，拜春日之賜差一點就瀕臨毀滅的世界，因為我粉身碎骨般的努力和精神上的極度消耗，好不容易才勉強保住了人類的命脈。我覺得就算各國元首都送給我一張感謝函也不為過，但是到目前為止還沒有任何一個國家的大使館館員前來拜訪我。唉，話又說回來，就算他們來了也只會增添我的困擾，所以我也不強求。上一次我得到的回報頂多就是淚眼婆娑的朝比奈緊緊地抱住我而已，不過仔細想想，對我來說那已經足夠了。古泉向我道謝並不能讓我感到一絲一毫的喜悅。

「關於那個實玖瑠……」

別直接稱呼她的名字，這會讓我很不高興。

「對不起，目前應該可以避免朝比奈再發射出什麼奇怪的光線了。」

你是怎麼做到的？只因為春日沒有準備彩色隱形眼鏡就可以這麼樂觀嗎？

「不，這個因素已經排除掉了，我請長門同學助了一臂之力。」

我把視線望向那個凝視著車站的商店，動也不動的女孩子，然後又把視線移回古泉身上。

「你對朝比奈學姊做了什麼？」

「別這麼緊張啦，只是去除了她的雷射發射功能而已。我也不是很清楚。長門同學跟其他的TFEI終端機不同，什麼都不肯說。我只是請她把朝比奈的危險值降到零而已。」

「TFEI是什麼東東？」

「是我們擅自取的簡稱，你不用知道。不過我覺得，長門同學在『他們』當中是最綻放異彩的一個。我也想過，她除了單純的溝通介面作用之外，是不是還負責某種任務？」

他的意思是說，那個沉默愛讀書的女孩子除了觀察春日之外，另外還有任務？朝倉涼子的消失仍然讓人感到惋惜，雖然我個人並不覺得可惜啦。

等了三十分鐘左右，載著春日的計程車回來了，同車的還有穿著女服務生制服的朝比奈。跟昨天一樣，她仍然一臉黯沉。春日跟司機要了收據，她可能是想報公帳吧。

谷口和國木田望著她們喃喃地說了些什麼。

「有一天晚上，我從便利商店回家的路上和一輛計程車擦身而過。」

「哦？」

「結果我看到計程車的『空車』燈好像變成了『愛車』。」

「你一定嚇一跳吧？」

「但是我還來不及確認，計程車就開走了。當時我才發現，我目前欠缺的不就是愛嗎？」

「會不會就真的寫著『愛車』啊？那一定是個人車行的計程車。」

我不得不佩服進行這段對話的兩個活寶，更無可奈何地產生人才怎麼會短缺到這種地步的感覺。如果谷口和國木田是鎳合金的話，那麼鶴屋就是塑膠了。他們之間的差異就有如火箭砲火花和阿波羅11號一樣。

「呀，實玖瑠搭計程車來囉！咦？妳是誰啊？」

鶴屋的音調也很高，不過只是輕量的中高音，跟春日那不正常的自然高音堪稱一線之隔吧？鶴屋應該還屬於正常世界的範圍。

「哇！好性感喔！實玖瑠在哪家店打工啊？應該得滿十八歲才行吧？咦？妳不是才十七歲嗎？啊，對哦，我們不是客人，沒關係。」

哭腫眼睛的朝比奈兩隻眼睛都是自然的色澤，看來彩色隱形眼鏡是缺貨了。

春日將嬌小的女服務生一把拉了出來。

「說什麼生病？我才不准妳用這種藉口呢！我們要繼續拍攝！接下來就是實玖瑠的精彩畫面。一切都是為了ＳＯＳ團！不論在哪個時代，自我犧牲的精神都可以喚起觀眾的感動！」

那妳去犧牲吧！

「在這個世界裡，女主角只有一個人。說實話，我也想成為這個人，但是這一次我特別禮讓給妳，至少在校慶結束之前！」

在這個世界裡，沒有人會認同妳當女主角的。

鶴屋啪啪啪地拍著朝比奈的肩膀，讓她不由自主地咳了起來。

「這是什麼裝扮啊？賽車女郎嗎？妳扮什麼角色啊？啊，對了。校慶的炒麵攤就穿這個吧！一定會有一大堆客人上門！」

我真的很能理解朝比奈企圖隱居的心情。眼看著就要遭到連續性的猛烈攻擊，當然沒有人想要站到投手板上去當投手。

朝比奈緩緩地抬起頭來，帶著殉教者的求救眼神看著我，隨即又移了開去。她慢慢地嘆了一口輕微的氣，不過還是強擠出一絲堅強的微弱笑容，大步走到我面前來。

「抱歉我來遲了。」

我望著低垂在眼前的朝比奈的頭頂說：

「不會，我無所謂。」

「午餐由我請客……」

「哪裡的話，妳不用放在心上。」

「昨天真是抱歉，我好像在不知情的情況下發射了光學兵器……」

「哪裡哪裡，反正我也沒受傷……」

我偷窺了一下四周的狀況。長門拿著裝點著星星的指揮棒茫然地站著；朝比奈看著我，把平常就已經非常細小而微弱的聲音壓得更低。

「我被咬了。」

她摩擦著左手腕。

「被什麼咬？」

「被長門同學。聽說好像是注射奈米機械之類的……不過，好像眼睛再也射不出什麼東西來了，真是太好了。」

拜此之賜，我不用擔心被切成圓片了……嗎？話又說回來，我很難想像長門咬住朝比奈的景象。到底是注射了什麼？

「就是昨天晚上，她跟古泉一起到我家來……」

負責看管行李的古泉正在跟春日說話。昨晚我也想跟去，這時候才應該把我叫去的！去造訪朝比奈鐵定比被騙到閉鎖空間去要愉快得多。

「你們在說什麼悄悄話呀？」

鶴屋把她那纖細柔軟的手臂環上朝比奈的脖子。

「實玖瑠真是可愛啊！真想把妳養在家裡當寵物！阿虛，你們相處得好嗎？」

真是的。

谷口和國木田那對活寶正半張著嘴欣賞著朝比奈。別亂看喔！萬一她少掉了一塊肉怎麼辦？正當我這麼想時，春日扯開喉嚨大叫。

「決定場所了！」

什麼場所？

「外景拍攝的場所。」

是這樣嗎？我常常忘記我們拍的是電影。也不知道為什麼，真的很想忘記。同時我也莫名地覺得這裡是偶像藝人的低成本ＤＶＤ製作現場。

「古泉家附近好像有一座大池子，今天我們就姑且從那邊的拍攝工作開始吧！」

二話不說，春日就以迅雷不及掩耳的速度拿起手寫的「攝影隊一行人」的塑膠旗幟往前走。

我把仍然用失禮的眼神看著朝比奈的谷口和國木田叫過來，並親切地把包包和袋子和他們一起分享。

大約走了三十分鐘左右，一行人就來到了池畔。地點大約在山丘中間，幾乎是在住宅區的正中央。說是池子，倒還算挺寬的一個池子，大得好像一到冬天就會有候鳥前來棲息一樣。據古泉所說，鴨子或雁群應該也快來了。

池子四周豎著鐵製的欄杆，言明禁止入內。這本來就是一種常識吧？或許也是個人的教養問題。最近連小學生也不會把這種地方當成遊戲場所的，除了一些腦袋真的有問題的人。

「搞什麼？快點爬過去啊！」

我忘了這傢伙正是一個腦袋有問題的人。春日導演把腳搭到欄杆上招著手。朝比奈壓著短短的裙子，臉上的表情變得好絕望，一旁的鶴屋則咯咯咯地笑著。

「咦？來這裡幹什麼？哇！實玖瑠要游泳嗎？」

朝比奈用力地搖搖頭，以彷彿看著血池的眼神看著綠色的水面，嘆了口氣。

「這種高度的柵欄要想爬過去好像是高了點哦？你不覺得嗎？」

古泉說話的對象不是我，是長門。跟那傢伙進行日常會話是白費工夫的。因為她不是簡短地回答YES或NO，要不就是開始一連串讓人無法理解的自言自語。

「…………」

長門雖然仍舊保持沉默，卻做出了稀奇的反應。她將手指頭搭在鐵桿的欄杆上，倏地往旁邊一拉。不知為何，原本應該很堅固的鐵柱，竟然瞬間像放在大太陽底下的牛奶糖一樣彎曲了，還以彎曲的狀態直接凝固成型。

她還是靈巧一如往常。我見狀驚慌失措地把視線轉向其他人，看看他們的反應，或許是我操心過頭了。

「咦？變得好破舊喔。」

國木田裝出一臉什麼都懂的表情說道。

「我到底要做什麼？難道要我演河童嗎？」

嘴裏叨唸著的谷口將身體穿過開了空隙的柵欄，來到池邊。

「這一帶離我家很近耶？以前才沒有這些柵欄，我還經常掉進池子裡呢。」

鶴屋跟在他後頭。被她牽著手的朝比奈也心不甘情不願地走向春日等著的池邊。

好個沒什麼腦袋的配角三人組啊，真是再好不過了。

古泉對著我跟長門露出了微笑，就將身體滑進柵欄內側，而化身為黑色魔法師的長門也像幽靈一樣經過我面前。

沒辦法了。趕快拍完趕快閃人吧！趁還沒有人發現公共物品遭到破壞之前。

朝比奈跟長門再度對立，看來又是戰鬥畫面。我真懷疑春日到底有沒有真正思考過故事內容？到底什麼時候才輪到古泉上場？今天仍然穿著制服的古泉，依然站在我後面擔任拿反光板的角色。

春日將導演椅擺在泥濘的地面上，在素描簿上潦草地寫著一些可能是台詞的文字。

「這一場戲要拍實玖瑠漸漸被逼到絕境的時候，而她的藍眼光束已經被封住了。」

春日停下手中的感測筆，一臉很得意的樣子。

「嗯，感覺真不錯。那邊那個人，你拿著這個站著。」

就這樣，谷口成了一個拿大字報的角色。上場演戲的兩個人，看著帶著不悅表情的谷口手中的大字報。

「我不會因為這種事就退縮的！邪、邪惡的外星人有希、妳趕快快快地離開地球……！那個……對不起。」

在不由自主猛道歉的朝比奈唸完了台詞之後，長門有希這個邪惡的外星魔法師說：

「……是嗎？」

她毫不以為意地點點頭，然後按照春日的指示宣讀著台詞。

「妳才最好從這個時代裡消失。他是我們的，他有那種價值。他雖然還沒有發現自己擁有的力量，那是非常寶貴的力量。我們要運用那個力量來侵略地球。」

長門配合著春日像指揮者一樣揮動著的擴音器，用星星天線指著朝比奈的臉。

「我、我、我不會讓妳得逞的，就算賭上我的性命也一樣。」

「既然如此，那就納命來吧。」

「卡！」春日大叫一聲站了起來，跑到兩人中間。

「妳們得營造出那種氣氛啊！對對，就是那種感覺，可是請妳不要即興演出哦。還有實玖瑠，妳過來一下。」

導演和女主角拋下了我們，把臉轉了過去。我放下攝影機，不解地搔著脖子。她們在商量什麼啊？

鶴屋再也忍不住地哈哈大笑。

「這是什麼電影啊？最重要的是這算電影嗎？哇哈哈！真是太好笑了！」

會覺得好笑的除了妳之外大概只有春日了。

谷口和國木田臉上帶著「我們是被叫來幹什麼的？」的表情茫茫然地站在那邊，而長門則獨自站在一旁，滿臉事不關己的樣子，至於古泉則以很自然的動作擺出望著池子盡頭的姿勢。

我拿出快要錄完的帶子，拆掉新DV盒的封印。我覺得這只是在增加沒用的垃圾。

鶴屋興味盎然地看著我手上的東西。

「哦，最近拍的東西就是這個嗎？裡面拍滿了實玖瑠不值一提的影像嗎？待會兒能讓我看看嗎？我覺得應該會很好笑。」

沒什麼好笑的。以前以兔女郎的打扮發送傳單只花了一天的時間，不過這部可笑的電影很可能會持續到校慶前一天呢。蹺班搞不好會發展成蹺課，到時候頭大的可是我耶，因為這麼一來我就喝不到美味的茶了。長門泡的茶一點味道都沒有，春日泡的茶則出於物理性的原因而顯得苦澀難喝。姑且不說古泉，如果要我自己泡茶的話，我寧願喝自來水就算了。

「讓各位久等了！」

嗯，確實是久等了，妳們也該回來了。因為我實在不想再踐踏池子附近的自然景觀了。

「真正的高潮就要上場了，大家仔細瞧吧！」

春日把朝比奈用力一推。就算妳不叫我瞧，我每天也會睜大了眼睛直瞧呢！你看，跟往常一樣美麗可愛又養眼的朝比奈……

「啊？」

她一邊眼睛的顏色變了，而且這一次換成了右眼。銀色的眼睛充滿歉意似的在我跟地面之間來回游移。

「哪，實玖瑠，用妳神奇實玖瑠之眼R發射出不可思議的東西，什麼都好，做猛烈的攻擊！」

我來不及阻止。就算來得及，我可能也會變成不倒翁切片了，話又說回來，這一切都來得太突然了。下了可怕命令的春日，還有驚愕地眨著眼的朝比奈，還有——

將朝比奈推倒在池邊的長門，她那全身漆黑的身影都發生得太過突然了。

昨天的景象再度重現，好像看著倒帶播放的帶子一樣。長門展現了她最擅長的瞬間移動。

瞬間，只有帽子還在她原來站立的位置，接著就飄然飛落而下。本來戴著帽子的實體只花了眨一次眼的時間（大概是零點二秒左右吧）就移動了數公尺之遠，還壓上了朝比奈，伸手挖向她的太陽穴——

所有人都愕然地看著開始在濕地上掀起一場摔角大賽的兩個女演員。

「長、長、長門同……啊！」

面無表情的長門沒有理會朝比奈的慘叫聲，甩動著她那有點短的頭髮跨坐在朝比奈身上。

「等一下！」春日很快就恢復了正常。

「有希！妳可是魔法師耶！在我的設定裡妳並不擅長打肉搏戰喔！在這種地方表演泥巴摔角——」

可是春日話還沒說完就閉嘴了，考慮了三秒鐘之後又說：

「啊，算了，這樣也好，應該可以成為賣點吧？阿虛！好好給我拍下來！這是有希難能可貴的點子！」

這不是什麼點子吧？是她出於反射的動作，是想解決隱形眼鏡的防衛措施。朝比奈應該了解這一點，但是她仍然因為過度恐懼而發出細微的尖叫聲，兩腿不停地舞動著。我真低級耶，現在可不是直勾勾地看著這種養眼畫面的時候。

就在這時候，喀的一聲響起，除了那兩個女演員之外，其他人都回頭看著後方。

出聲處原來是當時春日一越而過，和我們穿過空隙走過來的池子柵欄。原本被長門拉開的空隙開了個大洞，被切割成V字型的柵欄倒向道路那一邊去了，就好像被人們無法看到的雷射給射中一樣。

我把視線移回現場，看到長門像個貧血的吸血鬼一樣猛咬著朝比奈的手腕。

「一時疏忽。」

出人意外地，長門好像反省自己似的說道：

「本來的設定是雷射雖然會擴散但不會傷及人類，這一次卻是超震動性分子切斷器——」

她大氣也不喘一下，就一口氣把話說完了。古泉一邊將從地上撿起來的帽子遞給她一邊說：

「那是像單纖維（註：指連續的，長度為其直徑數倍；或數十倍長之纖維，直徑在0.5μm～1.0μm之間。並不狹義指布料纖維，只要是在此定義下的都是單纖維，如肌肉纖維、玻璃纖維等）一樣的東西吧？不過那種單分子刀既看不到也沒有質量，對吧？」

接過帽子的長門直爽地將帽子放到頭上。

「我感受到微量的質量，約十乘四十一分一克的程度。」

「比中微子更小嗎？」

長門什麼都沒說，看著朝比奈的眼睛。女服務生的右眼還是銀色的。

「請問……」

朝比奈一邊揉著被咬的手腕一邊戰戰兢兢地說：

「剛剛妳在我手上注進了什麼東西嗎……？」

尖端帽的前端往前移動了五公釐左右。在我看來，那是長門感到困惑的表現方式。或許她正在苦惱著該怎麼說明吧？果然長門說道：

「次元振動周期經過相位轉換後，便可在物體表面產生足以置換成重力波的力場。」

她彷彿很勉強地解說著意義不明的事情。我可以理解她可能是把透明殺人光線化解掉了，但是我無法理解的是除了我之外的兩個人好像都聽得懂她在說什麼東西。古泉說：「原來如此，對了，重力就是波動嗎？」他竟然又問了毫無關連的事情。長門或許也覺得這是兩碼子事吧？因為她沒有回答。

古泉以彷彿成為他註冊商標似的動作聳了聳肩。

「不過這確實是疏忽，應該也是我的責任吧？我一直以為從眼睛射出來的頂多只有雷射光束而已。難道真的如涼宮同學所說，什麼都可以，只要是不可思議的東西？涼宮同學的思考邏輯是別人無法追得上的，真是不簡單。」

何止無法追得上？她根本就是把所有人類都拋到腦後，而且還遠遠地差了三圈之多，甚至我的後腦杓都可以感受到她又從後面追上來了，但是猛地一看，又讓人誤以為跟她跑在同一個圈圈裡，產生好像是在逛畫廊的錯覺，這是她最擅長的地方。不僅如此，這種感覺只有被迫跟她在同一個環形跑道上奔跑的人才能理解，而且春日的速度之所以那麼快，也是因為她根本不管那是不是S形跑道，或者立體交叉道路，只是一味地往前直衝。再加上只有她安裝壓縮引擎，所以她可以永遠不停地跑下去。她自行創造即使人們想追隨也無法跟上腳步的規則，而且她本人也完全沒有這是場假比賽的意識。她是一個超越掌控範疇的壞傢伙。

「總之還好啦。」古泉說。「柵欄一事就當成是地方自治機構沒有盡到維修公共物品責任，這樣大家應該可以接受，沒有造成什麼嚴重的傷害是最重要的。」

我瞄了藏在帽子底下那張白皙的臉蛋一眼。剛剛看到長門的手掌上裂開了一道像抓起鐮刀時劃開的傷口。真想讓那個讓人頭痛的傢伙看看，雖然那個傷口現在已經彷彿不曾存在似的痊癒了。

我望著在不遠處形成的第二個集團。春日和配角三人組看著手提攝影機裡面的影像，接著發出尖叫聲……不對，好像只有鶴屋在叫。

「怎麼辦啦？我覺得再這樣拍下去恐怕會發生什麼可怕的事。」

「但是也沒辦法半途中止啊。要是我們拒絕拍攝的話，涼宮同學會怎麼樣？」

「可能會失控到暴跳如雷。」

「我想也是。就算當事人沒有暴跳如雷，也可以確定她會讓《神人》在那個閉鎖的空間裡暴跳如雷。」

別讓我想起這件可怕的事情。我不想再到那個地方去，也不想再做那種事。

「或許涼宮同學對現在這種狀況感到很滿意呢，這是她運用想像力拍攝屬於自己的電影的行為。因為她的一舉一動就像神一樣。你也知道的，她對於這個現實世界不能照她的想法運作是非常焦躁的。雖然現實中的她並不是這樣，但是因為她完全沒有發現到這個事實，所以就結論而言是一樣的。不過在電影中，故事是按照她的想法在進行，所以任何設定都是可能的。涼宮同學利用電影為媒介，企圖再架構一個世界。」

果然是徹底的自我中心派。除非擁有相當的金錢和權力，否則要事事按照自己的想法進行是不可能的，不然去當個政治家好了。

在我換了好幾種愁眉苦臉的表情當中，古泉總是帶著一成不變的笑容繼續說話。

「涼宮同學當然沒有這種自覺吧？從頭到尾她都在創造一個電影內的虛擬世界。這是她傾注於電影的熱情。我想是因為她太過熱衷，結果在無意識當中對現實世界造成了影響。」

不論怎麼丟，都只丟出負分的骰子。繼續拍下去，只會讓春日的妄想無止境的脫序，可是讓她打消念頭壞了她的興致也不行，所以只能兩害相權取其輕。

「如果非得擲骰子的話，我選擇繼續走下去。」

說說你的根據吧！

「我對圍堵《神人》的行為也已厭煩了……這是開玩笑的。對不起。嗯，總之是這樣。與其讓世界整個重新設定過，不如允許些許的變化還比較能開展出生存之道。」

你是說允許朝比奈變成女超人之類的現實嗎？

「和《神人》相較之下，這次的現實變化算是小規模的。就如長門同學為我們所做的防禦修正一樣，所以應該沒問題了吧？你不覺得，和世界從零開始的情況相較之下，想辦法解決單一性的異常現象會比較簡單嗎？」

不管怎麼想都有問題。如果從背後襲擊春日，讓她昏死到校慶結束，你們認為如何？

「那太可怕了。如果你能負起全部的責任的話，我不會阻止你。」

「對我的肩膀來說，世界太過沉重了。」

我一邊回答一邊看著朝比奈，她正用手指頭把乾了的泥巴從女服務生制服上剝下來。看來她似乎已經放棄了，但是察覺到我的視線時，她又驚慌失措地說：

「啊，如果顧慮到我，我沒事，我會想辦法熬過去的……」

真是惹人憐愛啊，雖然臉色不是很好。我相信她也不想每次一發生什麼事情就要被長門咬一次吧？雖然齒痕不消多時就會消失，但是不舒服畢竟就是不舒服。因為以長門現在的裝束而言，如果讓她拿著一把長長的鐮刀的話，就變成了塔羅牌的第十三張牌主題——死神，要不就是年齡不詳的太空吸血鬼。不管是哪一個，都鐵定會把人送到另外一個世界去。

就算朝比奈看起來不是被吸引而是被牽扯進去的，可是說穿了，以一個未來人而言，朝比奈也未免太沒有危機意識了。也或許是因為她根本就沒有把真正的想法傳達給我吧，因為他們的世界好像充滿了禁令。

算了，反正到時她總會告訴我的吧？真希望到時的狀況是我們兩個人獨自處在一個狹窄的空間裡。

終於輪到谷口和國木田，還有鶴屋上場的時候了。

春日向他們三人宣布了他們在電影中扮演的角色，於是這三個人扮演路人的事實於焉底定。他們的角色就是「被邪惡的有希外星人操控，有如奴隸般的人類」。

「也就是說——」春日帶著讓人很不舒服的笑容做說明。「實玖瑠是正義的一方，所以不會對普通人出手，而有希則掌握了她這個弱點。她以催眠魔法操控普通人。實玖瑠因為無法對攻擊她的普通人下手，因此被打得落花流水。」

我心裡想著，妳到底還要已經不成人形的實玖瑠做到什麼地步啊？這時春日又說：

「一開始就把實玖瑠打到池子裡去。」

「啊？」

發出驚愕叫聲的只有朝比奈，鶴屋則咯咯咯地笑著。谷口和國木田互看了一眼，然後又看著朝比奈，一臉困惑。

「喂喂。」

半帶著笑意說話的是谷口。

「打進這個水池？天氣或許還很溫暖，但是現在可是秋天耶！至於水質，就算說得再怎麼含蓄也不算乾淨啊。」

「涼、涼、涼宮同學，至少也找個溫水游泳池什麼的……」

朝比奈也帶著一張泫然欲泣的表情死命地提出抗議。連國木田都偏向朝比奈這邊了。

「就是嘛！要是這是個無底的沼澤的話怎麼辦？掉下去就不會再浮上來了耶。妳瞧，還有很多黑鱸呢。」

別說一些會讓朝比奈昏倒的話嘛。而且事實也一再證明，越是抵抗，春日就越堅持己見。春日果然表現得很春日。

「住口！你聽著！面對真實是多少需要一點犧牲的。我曾想用尼斯湖的大水怪拍這個場景呢！但是我們沒有那種時間，也沒有經費。在有限的時間之內做到最好是人類的使命。既然如此，就只有用這個池子來拍攝了。」

這什麼狗屁道理啊？難道無論如何妳的前提都是要讓朝比奈受水刑嗎？妳這個女人，難道就不能用別的畫面代替嗎？

當我正在考慮要不要也加入阻止的行列時，有人從背後拍了拍我的肩膀。我回頭一看，古泉那傢伙帶著淺淺的笑容默默地對我搖搖頭。我明白。我明白萬一沒「橋」好春日，可能會發生奇怪的事情。要是事情演變成從朝比奈口中吐出等離子火球的話，搞不好一個不小心就得跟自衛隊為敵了。

「我、我、我願意！」

朝比奈以悲痛的聲音宣布著。這大概就是所謂的悲痛萬分吧？一個為了世界的和平而寧願犧牲自己的可憐少女登場了。事情的發展已經到了難以收拾的地步，不過這大概是這部電影當中最高潮的部分吧？我得好好拍下來才行。

春日喜出望外。

「實玖瑠，太好了！現在的妳真是帥呆了！這才是我嚴選出來的團員！妳已經長大了！」

我覺得這跟長大沒關係，是學習得來的結果吧？

「那麼，那邊那兩個人拉住實玖瑠的手，小鶴抱住她的腿。我說預備就開始。做好準備動作，再用力地把她丟到池子裡去。」

春日所指示的就是以下這樣的畫面。

嘍囉三人組先整齊地排在長門面前，當黑衣魔法師揮動她的天線棒時，他們就要把頭垂下去，就好像在神社裡接受消災儀式一樣。像揮舞著祭神驅邪幡一樣舞動著指揮棒的長門面無表情，看起來挺有幾分巫女的味道。

之後，三人組接收到默默指著朝比奈的長門電波，以彷彿渴求著新鮮生肉的殭屍一般，動作僵硬地朝著女主角走過去。

「實玖瑠，對不起。我不想這麼做，但是我無法控制我自己，真的很抱歉。」

看起來只能用愉快形容的鶴屋一邊說著一邊走近女服務生。每當緊急時刻就會變成膽小鬼的谷口已經不知道要說什麼台詞了，而國木田則一邊搔著頭一邊朝著臉色一陣青一陣紅的朝比奈靠過去。

「那邊那兩個笨蛋！給我認真一點！」

妳才是笨蛋！我把這句話硬生生給吞了下去，繼續用攝影機拍攝。朝比奈戰戰兢兢地不斷後退到水池邊。

「覺悟吧～」

鶴屋一邊快樂地說著一邊將朝比奈推倒，還將她裸露出來的大腿抱往兩側。該怎麼說呢？實在是太危險了。

「啊……」

朝比奈是真的感到害怕，谷口和國木田則各抓住她的一隻手。

「等、等一下，我還是……這、這是必要的嗎？」

春日不理會發出悲痛叫聲的朝比奈，用力地點點頭。

「這是為了拍到好畫面，更是為了藝術！」

說得真好聽，這種濫電影哪裡跟藝術扯得上關係啊？

春日發號了施令。

「就是現在！預備！」

嘩！水沫猛烈地濺上來，擾亂了棲息在池子裡的水棲生物們。

「啊，危……哇……！」

「腳……踩不到……啊！」

這種溺斃的演技真是太高明了。朝比奈……不是，我怎麼覺得好像真的溺水了？

真慶幸這裡不是亞馬遜河流域，否則像現在這樣驚天動地的攪動水池，鐵定成為食人魚最好的目標。黑鱸應該不會襲擊人吧——我隔著觀景窗這樣想著，這時我發現濺起水花的不只是朝比奈。

「哇！我喝到水了！」

谷口也溺水了。大概是把朝比奈抛出去時力道太猛烈，讓他自己也落水了。我決定不理會這傢伙。

「那個笨蛋在搞什麼？」

春日似乎跟我有相同的看法，她不理會那隻笨蛋，拿擴音器指著古泉。

「哪，古泉，輪到你上場了！去把實玖瑠救上來！」

從頭到尾都負責燈光照明的男主角帶著優雅的笑容，將反光板遞給長門，接著走到水邊，把手伸了出去。

「請抓住我的手。鎮定下來，可別把我也拉下去了。」

朝比奈彷彿是大海中的遇難者緊抓住浮木一般，緊緊地握住古泉的手。古泉輕輕鬆鬆地就將全身濕透的未來女服務生戰士給拉了上來，接著再撐住她的身體緊靠著她。你這傢伙，靠得太近了！

「妳還好嗎？」

「……唔……好冷……」

本來就很合身的制服因為濕透的關係，已經緊貼在朝比奈的身上了。如果讓我加入電影倫理規定管理委員會的話，我會毫不猶豫地把這部電影列為未滿十五歲不得觀賞的級別。老實說吧，總覺得好像會被逮捕的感覺。

「嗯，太好了！」

春日用力地敲打著擴音器，發出滿意而讚嘆的聲音。我不理會還在池子裡濺著水花的谷口，逕自按下停止拍攝的按鈕。

帶來的廢物多到可以擺攤了，此時卻竟然一條毛巾都沒有，這是怎麼一回事？

朝比奈一邊讓鶴屋用手帕幫她擦臉，一邊緊緊地閉著眼睛。我屏住氣息站在頂著一張正經八百的表情檢視影像的春日旁邊。

「嗯，還好啦。」

反覆看了朝比奈落水的畫面三次之後，春日點點頭。

「男女主角邂逅的畫面還算不錯。在這個階段，一樹和實玖瑠將羞澀且笨拙的感覺表現出來了。嗯嗯。」

是嗎？我只看到平常的古泉啊。

「接下來是第二個階段。把實玖瑠救起來的一樹決定把她藏在自己家裡。下個畫面從那邊開始拍起。」

我說妳啊，這麼一來可就完全不連戲了。操控谷口他們幾個人的長門跑到哪裡去了？谷口他們呢？又是如何被擊退的？就算他們只是嘍囉，如果沒有把劇情交代清楚，觀眾是不可能接受的。

「你真囉嗦耶！這種事情就算沒有拍出來，看的人自己也會懂的！無關緊要的部分帶過去就可以了！」

妳這傢伙！難道妳只是想把朝比奈推到池子裡去嗎？

正當我義憤填膺的時候，鶴屋舉手發言了。

「請問，我家就在附近，實玖瑠可能會感冒，我可以帶她回去換衣服嗎？」

「那正好！」春日對鶴屋閃著精亮的眼睛。

「能不能借用小鶴的房間？我想在那邊拍攝一樹和實玖瑠感情交流的畫面。好順利的發展啊！我相信這部電影一定會成功的！」

對奉方便主義為人生主題的春日而言，這或許是如她所願的提議，但是我實在無法抹去心中的疑惑，我認為鶴屋是明知春日有這種念頭，所以才有這樣的建議。因為春日設定鶴屋是一個嘍囉角色，所以我認為鶴屋理當跟我們一樣是普通人才對，但是——

「那我們呢？」

國木田問道。一旁的谷口拿著脫下來的襯衫，像擰抹布一樣擰轉著。

「你們可以回去了。」

春日面無表情地宣告。

「辛苦了。那就再見了，也許我們不會再見面了。」

就這樣，這兩個同學的名字和存在，彷彿就從春日的腦袋中消失了一樣。春日看也不看一臉愕然的國木田和像狗一樣甩著頭髮濺著水珠的谷口一眼，指定鶴屋為嚮導，開始大步往前走。你們兩個真是太好命了，可以免受災難。看來對春日而言，你們的價值只像是使用過的B彈一樣，而這實在是再幸運不過的事情了。

不知道為什麼，鶴屋喜孜孜地大聲吆喝著。

「好——！各位，請往這邊！」

她站到隊伍前頭，揮舞著旗子。

春日的任性自我不是現在才開始的，我想大概是她天生的個性，她出生之後立刻指著天地大聲唸誦著八字成語的傳說，再過五百年之後或許會成為涼宮春日語錄之一，廣為流傳而於民間，不過那都無所謂。

走在集團最前端的春日和鶴屋不知道什麼時候開始變得那麼意氣相投了？兩個人以超大的聲音反覆唱著布萊恩．亞當斯的『18 Till I Die』的副歌部分。身為跟在她們後頭的人，身為跟她們認識的人，我感到非常地可恥。

默默走著的黑色長門和反光板工作人員&主角的古泉，竟然一副事不關己的模樣跟在她們後頭。你們應該跟微微地垮著肩，略略地低著頭走路的朝比奈多學學。另外多少也幫我扛一下我肩膀上的行李吧。打剛剛開始就一直是爬坡路段，我已經快能體會正接受坂道訓練中的賽馬的心情了。

「好，到了！這就是我家。」

拉大嗓門叫著的鶴屋來到一戶人家前面。她是一個大嗓門的人，連住家也一樣大。不，我想大概是超大吧？因為從門口看不到整棟房子，所以我無從判斷起。不過這也正足以成為我判斷的根據。從大門幾乎看不到的遠處有著房子，那就表示大門距離那棟房子有一段不算短的距離，我順勢環視左右，發現四處都有會讓人聯想起武士宅第的圍牆以遠近法交互圍繞著。要做什麼樣的壞事才能住這種擁有廣大土地的房子啊？

「請進請進！」

春日和長門好像不知道什麼叫客氣，頂著一張彷彿進自己家門似的表情走進門內。朝比奈似乎也來過，看不出有任何驚訝的表情，任鶴屋推著她的背往內走。

「好個充滿古意的房子啊。這種奇妙的矗立感，所謂充滿建築風貌就是指這個樣子吧？真的好有時代感喔。」

古泉裝出充滿感嘆的樣子，用不帶任何感情的聲音說道。你是廉價播報員嗎？

穿過幾乎可以玩棒球的廣大空間，好不容易終於來到了玄關。鶴屋將朝比奈帶到浴室去之後，就把我們帶到她自己的房間去。

相較之下，我覺得自己的房間就像小貓睡的寢室一樣。我們被帶到寬廣的和室去，和室寬得讓人苦惱不知道該坐哪裡好。但是不知所措的好像只有我一個人，包括春日在內，長門和古泉看起來一點都不在乎的樣子。

「真是好房間，甚至可以在這裡拍外景呢。對了，這裡就設定為古泉的房間好了。我們就在這裡拍攝古泉和實玖瑠獨處的畫面。」

春日坐在座墊上，用手指頭框成四角形觀景窗打量著。鶴屋的房間是一間只擺放著暖桌的簡單榻榻米和室。

我學著坐在我旁邊的長門正襟危坐，但是不到三分鐘就受不了，只好把腳給鬆開來。春日打一開始就盤腿坐著，在鶴屋耳邊耳語著。

「嘻！啊，那可有趣了！等一下！」

鶴屋發出爽朗而高亢的笑聲離開了房間。

我心裡思索著，鶴屋是不是普通人啊？能夠和春日相處得這麼愉快的一定是超乎常軌的人或人類以外的某種生物，不過或許她們只是某個地方波長相通吧。

等了幾分鐘之後，鶴屋回來了。禮物就是朝比奈，而且不是普通的朝比奈，是剛洗完澡的朝比奈。她穿著可能是鶴屋的寬鬆T恤，該怎麼說呢？她「只」穿著T恤。

「啊……讓、讓各位久等了……」

一頭濡濕頭髮和泛紅肌膚的朝比奈，羞澀地躲在鶴屋背後走進房間，正襟危坐縮成一團。衣服和袖子對朝比奈而言都太長了，所以與其說是T恤，不如說是連身裙要更貼切。而這更發揮了強化的效果。她忘了拿下來的右眼隱形眼鏡仍然閃著銀光，讓人心生畏懼，不過看來應該是不會隨便就發射出光束或光線，所以我姑且放心了。我真想把依然戴著帽子，正襟危坐的長門供奉在哪個地方的神社裡。

「請用。」

鶴屋擺在榻榻米上的端盤裡放著幾人份的玻璃杯，裡面盛滿了橘色的液體。朝比奈一口氣喝了半杯鶴屋遞給她的柳橙汁。今天她的活動量最大，大概也消耗了大量的水分吧？

我也滿懷感激地品嚐著果汁，這時一口喝光果汁的春日一邊攪動著剩下的冰塊一邊說：

「哪，難得有這個機會，我們就在這個房間裡拍攝吧！」

沒有好好休息就開拍的畫面就像這樣。

古泉抱著假裝昏厥的朝比奈走進房裡。不知道為什麼，連被子都已經鋪好了，古泉讓朝比奈躺了下來，然後定定地看著她的睡臉。

朝比奈的臉泛著紅潮，睫毛不停地顫動著。古泉輕輕地在她那毫無防備的身體上蓋上毛巾被，然後交抱著雙臂坐在枕頭邊。

「唔……」朝比奈說著夢話似的呢喃著，古泉微微地笑了，一直注視著她。

此時大概不會上場的長門坐在我跟鶴屋的背後，仍然啜飲著柳橙汁。我透過觀景窗，將朝比奈的睡臉放大。春日並沒有做任何指示，所以現在我可以完全沉浸在自己的世界當中。但是春日不時地在第一時間對主演的兩人發出指令。

「實玖瑠，妳慢慢起身，台詞就照我剛剛跟妳說的一樣。」

「……唔。」

朝比奈緩緩地睜開眼睛，帶著莫名溫潤的眼神仰望著古泉。

「妳醒啦？」古泉說。

「是的……請問這裡是……」

「是我的房間。」

倏地支起上半身的朝比奈不知道為什麼，臉上帶著炙熱的表情，眼神在半空中游移。此時的她顯得格外充滿情色味道，這是演技嗎？

「謝……謝謝你。」

春日立刻下了指示。

「對，你們兩個！把臉靠得更近一點！實玖瑠閉上眼睛，古泉把手環住實玖瑠的肩膀，沒關係，把她推倒再吻她！」

「啊……」

朝比奈不知所以，帶著愕然的眼神嘴巴半開，古泉則按照春日的指示環住朝比奈的肩膀，此時我的耐性已經達到了界限。

「等一下！劇情太過簡略了。我倒要問為什麼有這個場面？這算什麼？」

「男歡女愛的場面啊！愛情畫面！要跨越時空就非得加進這種畫面不可。」

妳是白痴嗎？妳以為這是晚上九點播放的兩個小時連續劇嗎？古泉也是，幹嘛一臉那麼帶勁的表情？萬一讓這個畫面上映，從第二天起，你的鞋箱裡鐵定會塞滿上百封詛咒你的信。你用點腦袋想想。

「嘻嘻，實玖瑠，好好笑喔——」

一點都不好玩……我想這樣說，但是很明顯的是朝比奈的樣子很不尋常。她打剛剛開始就一直顯得很浮躁，眼睛濕潤而且兩頰泛紅，被古泉抱住肩膀時也完全沒有反抗的樣子。一點都不好玩。

「唔……古泉，我一直覺得頭好重……」

朝比奈一邊呢喃，身體一邊不停地晃動。我開始懷疑難不成她是被下藥了？這時我很自然地把視線望向空了的玻璃杯，鶴屋也嗤嗤地笑著。

「對不起。我在實玖瑠的果汁裡摻了一點龍舌蘭。有人告訴我，加一點酒精可以增加演技的精彩度。」

原來是春日使的詭計？我的感覺已經凌駕愕然之上，幾乎達到憤怒的地步了。怎麼可以偷偷地摻這種東西進去？

「有什麼關係？實玖瑠現在看起來真是風情萬種呢，讓畫面顯得更加精彩。」春日說。

這根本已經不是演技好壞的問題了，朝比奈整個人搖搖晃晃、頭腦混沌的樣子。閉著的眼睛下方暈成一片紅。風情萬種固然好，但是她靠在古泉的身上讓我很不爽。

「古泉，沒關係，就給她吻下去，當然是要嘴對嘴！」

這哪成啊？這可不是可以對一個神智不清的人做的事情啊。

「古泉住手！」

古泉做出思索的樣子，考慮要聽導演或攝影師的話。我揍你哦，你這傢伙！總之，我放下了手提攝影機。我不想拍這種畫面，也不想讓別人強迫我去拍。

古泉對我露出一個企圖讓我安心的微笑，然後離開了仍然不停晃動的女主角。

「導演，對我來說，這個包袱太過沉重了。而且，朝比奈好像已經到達極限了。」

「……我沒問題的。」

朝比奈說道，可是看起來根本就有問題。

「真是的，真沒辦法。」

春日不悅地嘟起了嘴，靠上喝醉的少女。

「咦？隱形眼鏡還戴著啊？這個時候應該要拿下來才對。」

她用力地往朝比奈的後腦杓猛力一敲。

「好……好痛！」朝比奈壓著頭叫道。

「實玖瑠，這樣是不行的！如果被這樣敲頭，妳就得讓隱形眼鏡從眼睛裡飛出來才行。再練習一次。」

咚！

「好痛！」

咚！

「……啊！」朝比奈用力地閉上眼睛。

「住手，妳這個笨蛋！」我一把抓住春日的手制止她。「練習什麼啊？這哪算什麼表演？有什麼好玩的？」

「幹嘛？不要阻止我，這也是早就計劃好的事情之一啊！」

「誰跟妳計劃好啊？一點都不好玩，無聊！朝比奈又不是妳的玩具。」

「是我決定的，實玖瑠就是我的玩具！」

聽到這句話的瞬間，我的血氣直往腦門竄升，我甚至覺得我的視線染成一片血紅。我真的生氣了，衝動瞬間凌駕了思考，那可以說是一種處在無我境界中做出的反射動作。

有人握住了我的手腕。古泉那傢伙瞇細了眼睛對我輕輕地搖搖頭。看到古泉制住我的右手，我這才發現自己揮起了拳頭，我的右手差一點就要揍上春日了。

「幹什麼……」

春日的眼裡閃著彷彿昴星團一樣的光芒，狠狠地瞪著我。

「你不爽就說嘛！反正你只要照我的話去做就好了！我是團長兼導演耶……總之，我不允許你做任何反抗！」

我的眼前再度泛起一片潮紅。這個笨女人！古泉你放手！不管是動物還是人，講不聽就要教訓，即使要揮拳動武也在所不惜。否則這傢伙一輩子都會是一個渾身是刺的人，讓所有的人都對她避之惟恐不及。

「不……不要！」

飛奔過來的是朝比奈，她用口齒不清的語氣說道：

「不行不行！不能打架……」

擋在我跟春日之間的朝比奈紅著臉癱軟了下去。她抱著春日的膝蓋說：

「唔……大家一定要和睦相處……否則……會被禁足的。」

癱軟無力的朝比奈一邊嘟噥著莫名其妙的話一邊閉上眼睛，然後發出均勻的鼻息聲沉沉入睡了。

我和古泉往下坡道走著，兩人眼前看到的是剛剛拍片的那個池子。

女主角不省人事，所以只好停止拍攝工作。我跟古泉還有長門決定把沉睡的朝比奈交給鶴屋先行離去，不知道為什麼，春日揚言她要留下來，就從我手中搶走了攝影機，立刻轉過身去。我也二話不說，抱著大批的行李，在鶴屋的目送下告辭。

「對不起，阿虛。」

鶴屋很不好意思地說，但是隨即又露出了笑容。

「我也太過得意忘形了！你不用擔心實玖瑠，待會兒我會送她回去，不然就讓她在這邊住一晚。」

長門一離開大門就大步往前走，好像一點感想都沒有。長門大概就是這個樣子吧？那傢伙永遠都是沒有感覺的。

在併肩走回家的路上，我們沉默地走了五分鐘左右，古泉開口了。

「本來以為你是一個比較冷靜的人。」

我也這麼認為。

「現實已經變得有點奇怪了，請你不要再做出可能會產生閉鎖空間的行為了。」

這哪是我能控制的？所謂的「機關」那奇怪且祕密的組織不就是為此而存在的嗎？你們也該做些什麼事吧？

「關於剛才的事情，涼宮同學似乎無意識地自制了，閉鎖空間好像並沒有出現在任何地方。這是我的請求，請你明天跟她言歸於好。」

要怎麼做是我的事，不是你說怎麼我回答好就可以了。

「現在應該考慮的是，該怎麼處理她已經影響了的現實空間。」

很明顯的，古泉改變了話題。我決定順水推舟。

「想也沒用，我才不管什麼東西變成什麼樣子。」

「這是很簡單的道理。每當涼宮同學想到什麼事情時，現實就會隨著轉變，一直以來不都是如此嗎？」

我想起在灰色的世界裡肆意破壞的藍色巨人。

「涼宮同學說出她的想法，我們加以應對。至於原因何在，那是因為這就是我們在這個世界裡的任務。」

我記得有一些發著紅光的球體，古泉一邊緩緩地走著一邊用充滿自信的聲音說道：

「我們是涼宮春日的鎮定劑，也是她的精神安定劑。」

「那是……你的事吧？」

「你也一樣。」

謎樣的前轉學生仍然露出一種永遠不會消失的笑容。

「閉鎖空間是我們主要的工作場所，而你則負責照顧這個現實世界。因為只要你能讓涼宮同學的精神保持穩定狀態，閉鎖空間就不會產生。拜此之賜，這半年來，我打工的次數也減少了很多。或許我應該向你道謝。」

「不用了。」

「是嗎？那我就省下來了。」

爬下坡道來到縣道，古泉再度打破沉默。

「對了，現在我希望你跟我到一個地方去。」

「要是我說不要呢？」

「很快就到了，而且在那邊也不用做什麼，當然也不是招待你前往閉鎖空間。」

古泉突然舉起一隻手。停在我們側面的是一輛好像在哪裡看過的黑色計程車。

「現在我們繼續談下去。」

古泉靠在計程車後座上說道，我則望著司機的後腦杓。

「目前繞著涼宮同學和你打轉的狀況已經成為一個固定的模式了。你跟我們這幾個團員合力將涼宮同學的失控具體化，再付諸於形體的基本架構已經完成了。」

「傷腦筋。」

「或許吧。不過，我不知道這種模式會持續到什麼時候？因為反覆發生同樣的事態可能是涼宮同學討厭的事情之一。」

現在看來她還是樂在其中啊。古泉便露出一張欠缺緊迫感的笑容說：

「我們必須想辦法把涼宮同學的脫軌行為侷限於電影內才行。」

想要成為棒球選手，也許只要從練習揮棒和練跑開始就可以了；如果想成為一個棋士，就應該從牢記象棋或圍棋的規則開始學起；期末考時想拿第一，只要徹夜不眠盯著參考書看就有機會。也就是說，努力的方法因人而異，但是確實是存在的。然而，如果想剷除春日的腦內妄想因子的話，到底要付出什麼樣的努力才辦得到啊？

要是阻止她，她就會生氣，甚至使得可恨的灰色空間不斷地增殖，但是如果因此就附和那個傢伙的妄想行事的話，她的妄想很可能就會變成現實。

無論哪一種應對方式都是非常極端的。那傢伙難道就沒有中庸一點的概念嗎？唉，就因為沒有，所以涼宮春日才是涼宮春日，不是其他任何人。

車外的風景慢慢地增加了綠意，計程車直接駛向蜿蜒曲折的山路。我立刻就明白了。這條路正是通往昨天我們搭巴士前往的山上。

計程車在不久之後就停在空蕩蕩的停車場裡，那是到神社參拜的客人專用的停車場。昨天春日才做出把槍口對準神官和鴿子掃射的暴行。就是那座神社。真是奇怪了，今天是星期日，照道理說人應該更多的。

先從計程車上下來的古泉說：

「你記得涼宮同學昨天說的話嗎？」

我哪可能把她的每一句胡言亂語都記得一清二楚？

「去了就會想起來了，請前往神社內部。」古泉說完又補充了一句。「今天早上好像就變成這個狀態了。」

我們爬上用方塊石堆積砌成的階梯，這也是昨天來的時候走過的路。從這裡爬上去會有一座牌坊，然後有一條通往本殿的沙石路，路上會有成群的家鴿……

「……」我沉默不語了。

散布一地的確實是鴿子沒錯，是一群像活動地毯似的一邊啄著地面一邊四處閒晃的鳥類，但是我不敢肯定這些鴿子就是昨天那一群。

因為，散布在地上的鴿群每一隻的羽毛都變成純白色的。

「……是被誰塗上油漆嗎？」

而且是一夕之間。

「這些白色的羽毛如假包換是長自牠們體內的。不是染色的，也不是脫色造成的。」

「是因為春日昨天的槍擊造成牠們極度的恐慌嗎？」

或者是誰帶著大量的白鴿來跟先前住在這裡的家鴿們調包？

「怎麼可能？有誰會做這種事？」

我只是試著去猜想而已，其實結論已經在我心中了，我實在不想說出口。

昨天春日說過這樣的話——

『可以的話，我希望全部都是白色的鴿子，不過現在沒辦法多做要求了。』

看來她根本就有要求嘛！

「就是這麼回事，這大概也是涼宮同學無意識做出來的好事。只有一天的誤差是不幸中之大幸。」

大概是以為我們會餵牠們吧？騷動不已的鴿群靠到我們腳邊來。除了我們，沒有其他的參拜者。

「涼宮同學的失控行為就像這樣一步一步地在進行當中，製作電影所產生的弊端影響到現實世界了。」

從朝比奈的眼中發射出光線或光束之類的東西還不夠嗎？

「用麻醉槍射擊春日，讓她昏睡到校慶結束不就好了？」

古泉帶著苦笑回應我的建議。

「也不是不行，但是你願意負起她醒過來之後的善後工作嗎？」

「免了。」

我的業務當中並沒有列入這一項。古泉聳聳肩。

「那怎麼辦？」

「那傢伙不是神嗎？你們這些信徒想想辦法呀！」

古泉故意露出很驚訝的樣子。

「你說涼宮同學是神？誰說過這種話呀？」

「不就是你嗎？」

「是這樣嗎？」

真想揍這傢伙一拳。

古泉笑著用他一貫的台詞說了一聲「我是開玩笑的」，然後又說：

「事實上，我覺得把涼宮同學定義為『神』應該不是問題吧？『機關』內的意見有大半都將她視為『神』。當然也有反對意見，就個人而言，我也是懷疑論的一派。因為我覺得，她真的是神的話，就不可能在沒有自覺的情況下住在這個世界。因為說穿了，所謂的造物主應該是在某個遙遠的上方俯瞰著我們，自在地實現一些奇蹟，冷靜觀察我們驚慌失措的樣子才對。」

我蹲下來撿起鴿子掉落的羽毛，並保持這個姿勢用指尖繞轉著。鴿子的動作變大了。對不起了，我沒有準備麵包屑。

「我是這樣想的。」

古泉逕自喋喋不休地講著：

「有人賜與涼宮同學足以與神媲美的能力，但是她並沒有獲賜那種自覺。如果說真有神的存在，那麼涼宮同學正是由神所遴選出來的人。她徹頭徹尾是個凡人。」

那傢伙究竟是不是個凡人，我根本不想思考。但是春日為什麼會有那種無意識的神力和足以讓鴿子變成白色的能力呢？因為什麼？因為誰？

「這個嘛，我也不清楚。你知道嗎？」

這傢伙分明是在找碴。

「真是抱歉。」古泉一邊微笑一邊繼續說道：

「涼宮同學是構築世界的人，同時也是破壞世界的人。目前的現實狀態也許是一個失敗的作品，或許涼宮同學就是負有修正這個失敗的世界的使命。」

你說說看吧！

「果真如此，那麼錯的就是我們了。正常的是涼宮同學，而阻礙她的我們才是這個世界的異類分子，不但如此，除了涼宮同學之外，全人類都是錯誤的。」

嗯，那可真是不得了了。

「問題是出在錯誤的我們。當世界再度被架構成正常的世界時，我們究竟能不能成為那個世界的一部分呢？我們會被視為瑕疵品而遭到排除嗎？這是誰都無法理解的事情。」

無法理解就別扯那麼多，而且還一副自己很瞭的語氣。

「但是就某種意義來看，到目前為止，她無法構築起一個美好的世界，這是不爭的事實。那是因為她的意識是偏向創造的方向進行的。涼宮同學是一個非常積極樂觀的人，但是，如果她朝著反方向發展的話會變成什麼樣子？」

看來現在不是保持沉默的時候，我放棄了。

「會變成什麼樣子？」

「我不知道。但是，不管是什麼事情，破壞都比創造容易。因為不相信，所以就讓它消失吧！如果春日是抱著這種態度的話，所有的東西大概都會化為『無』了吧？而且所有的事物都會被消除掉。譬如不管出現多麼強大的敵人，只要涼宮同學否定那些人，就足以把他們消滅了。不管是魔法或者是高度的科學技術都一樣，她面對任何事物都是一樣的。」

但是春日並沒有否定一切啊？是因為那傢伙還抱著某些期盼嗎？

「那就是傷腦筋的地方。」

古泉用一點也不像傷腦筋的語氣喃喃說道。

「我覺得涼宮同學是神或者是類似神之類的存在是無從得知的，但是只有一件事是可以確定的。如果她隨意行使自己的力量，結果導致世界產生變化，恐怕也沒有人會發現到世界有任何變化。這是有點駭人的地方，因為連涼宮同學本人都沒有注意到那個變化。」

「為什麼？」

「因為涼宮同學也是世界的一部分，這就是她並非造物主的佐證之一。如果她是創造世界的神，理當會置身於世界之外才對，但是她跟我們生存於同樣的世界。結論是，她只能做到半吊子的改變，這是很不自然，而且非常奇怪的事情。」

「在我看來，你比較奇怪。」

古泉不理我，繼續說道：

「我卻很喜歡目前生存著的這個世界。雖然潛藏有各種社會性的矛盾，但是人類早晚總會想辦法解決這些問題的吧？問題出在太陽是繞著地球轉之類的天動說理論。我們必須想辦法讓涼宮同學不相信這類的事情，你不就是因為也有這樣的想法，所以才從閉鎖空間回來的嗎？」

這個要怎麼說呢？我已經忘了，我決定將不想回想起來的過去加以封印。

古泉的嘴角笑了笑，看起來是一個自嘲式的笑容。

「我盡說些沒有建樹的事，說的就像誤以為自己是守護世界的正義人士一樣，真是失禮了。」

第五章

星期一早上，距離校慶已經不到一個星期了，但是校園裡的氣氛依然是那麼地鬆散。這所學校到底有沒有舉辦校慶的打算啊？不是應該更熱鬧一點嗎？再怎麼說，這樣的氣氛實在太過悠閒了。就因為這樣，連我都覺得慵懶無比。而且在前往教室途中，還有更讓人覺得慵懶的事情等著我。

古泉靠在我的教室前面站著。昨天都講了那麼多話了，還有什麼想說的？

「九班一大早就在舞台排練表演節目了，我只是偶然經過這裡。」

我實在不想一大早就看到你那張娘娘腔的臉。

「怎麼了？你不會是來告訴我，那個愚蠢的空間果然發生了吧？」

「不是，昨天一直沒有出現。看來涼宮同學好像忙著沮喪而沒空焦躁呢。」

為什麼？

「你應該很清楚啊……既然你不懂，那我就說明給你聽吧。涼宮同學一直認為，不管發生什麼事，只有你是她的夥伴。就算你有所抱怨，但是你還是會支持她。不管她想做什麼，也只有你能接受她。」

你在說什麼呀？能夠接受那傢伙所有行為的，只有早就殉教的歷史聖人耶。我可要言明在先，我既不是聖人，也不是偉人，只是一個具有常識的凡人。

「你跟涼宮同學之間怎麼樣了？」

哪有怎麼樣？就是那樣啊。

「能不能勸她打起精神來？白鴿也是很可愛的啊，如果涼宮同學再這樣消沉下去，神社的鴿子或許會變成完全不像鴿子的東西了。」

「譬如什麼東西？」

「如果我知道的話就不用這麼辛苦了。要是有一群用好幾隻觸手在地上爬行的黏糊糊生物在神社境內蠢動的話，那肯定會讓人覺得很不舒服吧？」

「撒些鹽就可以了。」

「這是沒辦法治本的。涼宮同學現在就好像懸在半空中一樣。之前她藉由拍電影積極地改變現實狀況，但是因為昨天和你發生了爭執，使得向量一口氣往反方向進行，也就是從正面轉向負面。如果可以這樣收場也就罷了，但是如果再這樣下去，可能會變得更棘手。」

「所以，你是要我去安慰那傢伙嗎？」

「其實也沒有這麼複雜吧？你只要跟她言歸於好就沒事了。」

什麼好不好的？我可從來沒有跟她好過。

「咦？我本來以為你的個性很冷靜，難道我看錯了？」

我不說話了。

昨天我之所以勃然大怒，是因為我那看不慣她對朝比奈施暴的同情心使然——也不盡然啦。或許只是缺少鈣質而已。因為昨天晚上我喝了一公升的牛奶，今天起床時竟然很不可思議地就消氣了。雖然牛奶可能只是一種安慰劑。

話雖如此，為什麼要我委曲自己討好她？不管找誰來做公正的評斷，一定都會覺得那傢伙太過分了吧？

古泉像隻開始吃飼料的小貓一樣咯咯咯地笑著，拍拍我的肩膀。

「一切就拜託你了。因為就距離而言，你是站在最靠近的地方。」

只要我不回頭，我是不會跟坐在我正後方的春日對望的。今天春日彷彿特別在意天空的狀況似的，幾乎都望著窗外，這種狀態一直持續到午休時間。

再加上也不知道是什麼傳染病，連谷口都一肚子大便。

「拍什麼電影嘛！昨天真是虧大了。」

午休時間，谷口一邊吃著便當一邊狠狠地咒罵著。這種時間春日鮮少會留在教室裡，今天也一樣。要是她在的話，這傢伙大概就不敢說這些話了吧？這個沒種的傢伙只有在安全範圍之內才敢大聲說話。

「都是涼宮幹的好事，那一定是部垃圾電影，鐵定的。」

誰想發表什麼意見都無所謂。我從來不認為自己是偉人，也不想在歷史上留名，我只是一個站在角落裡喃喃自語的小人物。最擅長的事情就是對母親做出來的食物百般挑剔，即使自己根本不會下廚。

但是唯有這件事我要說清楚，所以我說話了。

「我唯一不想聽的就是你的批評。」

谷口，你又做了什麼？至少春日參加了校慶，並努力想完成些什麼東西。雖然結果只會造成大家許多困擾，但是至少比什麼都不做，而只會嘮叨個沒完沒了的傢伙好上千百倍。你這個大笨蛋！你最好跟全國所有姓谷口的人道歉。對其他谷口們而言，跟你同姓只能用一個詞形容，就是不爽！

「算了，阿虛。」

國木田趕快緩頰。

「他只是在鬧脾氣啦。其實我們也想多跟涼宮同學他們相處一下，我們很羨慕阿虛呢。」

「才不是咧。」谷口瞪著國木田。「我才不想加入那種笨蛋集團。」

「人家一開口邀約就迫不及待跑去的人還敢大言不慚講這種話？昨天你不還喜孜孜的樣子嗎？甚至把原本要出遊的計畫都取消了。」

「少吐槽我啦，笨蛋！」

原來谷口是不爽這件事啊？因為他特地把原本的計畫取消，興沖沖地跑來助陣，沒想到在幾乎完全沒有入鏡的狀況下就被宣告退場，甚至還落水了。原來如此，的確值得同情，但是我根本不想同情他。因為我也很生氣。

我比誰都清楚，春日的電影無聊到讓人看不下去。因為她老是沒有思前顧後，只知道埋首往前衝，所以我們只能拍攝她在那個時間想拍的東西，根本談不上什麼劇情。如果這樣還能完成一部好作品的話，那簡直就是天才的成就了，而就我所見，春日根本就沒有導演的天分。但是如果別人只因為這樣就出言不遜的話——咦？我為什麼要生氣……

「阿虛啊，今天涼宮同學的心情看起來好像比平常更不好。發生什麼事了嗎？」

我一邊聽著國木田發問一邊想著。

我跟谷口是一樣的。我只會對春日的一言一行卑躬屈膝，然後背地裡又是滿腹牢騷。這傢伙給我的感覺跟我自己一樣。時而吐春日的槽，時而感到不耐……這正是我的工作。不過這是只有我能完成的任務，不能委交給其他人。

心煩意亂的，吃東西哪吃得出美味啊？這樣實在太對不起幫我做飯的母親了。可惡，谷口這個沒品的傢伙，都是因為你說了一些廢話，所以才害我想做將來一定會後悔的事情。

我做了什麼啊？

我將便當盒蓋好，直接飛奔離開教室。

春日在文藝社團教室裡，將攝影機和電腦連上線，好像在做些什麼事情。看到我突然打開門，她很驚訝地抬起頭來。她左手上拿著的是咖哩麵包嗎？

她驚慌失措地將麵包丟掉，再把手伸到後頭摸摸頭髮——我以為是這樣，這時她那一頭黑髮整個散開來了。我不知道她這麼做的理由何在，看來好像是急著將原本紮在後頭的頭髮給解開來。我沒有仔細看，而且這種事以後再去想就可以了。我對她說了現在非說不可的話。

「喂，春日。」

「幹嘛？」

春日一邊轉移成戰鬥姿勢一邊露出小貓般的表情。我對著那張臉說：

「絕對要讓這部電影成功！」

這就是所謂的情勢吧？像我這種人一年當中大概會有兩次激動的時候。昨天會生氣就是這個緣故，一切只是時間剛好吻合而已。而這種情緒在今天因為古泉一番莫名其妙的話和谷口那張蠢臉，還有春日憂鬱的表情再再使得我更加心煩意亂，害我也心神不寧的。要是任憑這股衝動繼續累積下去的話，我可能會打破教室的玻璃窗也說不定，所以我必須在這裡將這種情緒給消化掉。為什麼我要給自己找這種理由呢？

「唔。」

春日趾高氣揚地說：

「那是當然的，因為是我當導演啊。成功是必然的，根本不需你多廢話。」

好個單純的人。本來才以為她露出稍微值得稱讚的溫馴表情，沒想到春日那閃著幾近意義不明光芒的眼睛隱隱約約又燃起自信的火焰，真不知道她是在哪裡充填燃料的？這個人太過簡單了。她就像不斷往自己身上施展高級恢復術的中頭目一樣麻煩，但是我不在乎。她需要平衡一點。一拳就可以將肉腳的傢伙打死，爽快地說拜拜的遊戲……那是怎麼說來著？對了，像這樣可以消解壓力的遊戲是不存在的。我不是很懂這是什麼意思，而且本來就沒什麼意思，但是，總而言之，沒有精神的春日看起來讓人不舒服，而我不想看到這樣的她。這傢伙最適合參加永無止境的、無意義而且沒有根據、沒有目的地的腦內一千公尺賽跑。要是她莫名地停下腳步，可能就會在無意識的情況下做出一些沒有必要的事情，就只是這樣。

……這大概是這個時候我的想法。

當天放學後。

「難道就沒有其他的說話方式嗎？」古泉說。

「對不起。」我回答道。

「雖然這樣說也可以提振她的精神啦，但我希望你能以更……沒有障礙的方式來表達。」

「……抱歉。」

「與其說恢復原狀，不如說威力變得更強大了。」

「……」

「照這種情況看來是沒辦法掩飾了。」

古泉用他那雙帶著沉穩色彩的眼神看著不斷反省的我。他不像是在指責我，但是他的聲音當中卻帶著些許憂鬱的音調。是這樣吧？事態好像真的惡化了，而那好像是我的緣故。

為什麼呢？我哪知道啊？

四處開滿了櫻花。這裡是河邊的櫻花道，是朝比奈跟我表明她真正身分的那條人行步道。讓我們再度確認一次吧，現在是秋天了。目前盛夏的殘暑仍然尚未完全消退，不過照一般說來，日本的染井吉野櫻是在春天開放的。某個季節略微提早是可以被接受的，不過提早半年也未免太離譜了。不會連櫻花都隨太陽的任性妄為起舞吧？

在滿天飛舞的花瓣當中，只有春日一個人引擎全開。穿著貼身女服務生制服的朝比奈，之所以看起來顯得搖搖晃晃、步履蹣跚，是因為到處都有不合時節的賞花客的關係吧？

「怎麼會這麼符合我的需要呢？我才想要拍櫻花的畫面呢！簡直是巧合到不可思議的氣象啊！」

春日口沫橫飛地說著，強迫朝比奈擺出奇怪的姿勢。

果然還是不行的。人一旦因為一時的情感作祟而做了什麼事，最後一定會因果報應到未來的自己身上，這半年來我總覺得老是在重複反省自己。

而且反省的內容不是「當時要是這麼做就好了」，而是「要是當時沒有這麼做就好了」，說起來其實是很負面的反省大會。誰借我一把槍吧！一把不是模型手槍的真槍。

櫻花樹似乎都是在中午過後漲大蓄苞，到傍晚時分才滿樹綻放。當地的區域電視台還以秋天的奇聞來報導這件事，真希望他們認為這真的只是偶發事件。近年來整個地球的氣象異變就是遠因，就姑且當成是這麼回事吧！好不好？

「涼宮同學好像是這麼認為的。」

和朝比奈同學肩併肩走在前方不遠處的古泉說道。光有外表的古泉和樣樣好的朝比奈獨處，對全世界的男性而言都具有挑起焦躁情緒的效果，也讓我感到極度不悅。

長門對漫天飛舞的花瓣沒什麼特別的感想，仍然面無表情，帶著淡然的眼神看著生物時鐘錯亂的櫻花們。粉紅色的花瓣附在她那黑色的斗篷上，形成了些許的強化效果。這傢伙知不知道白鴿的事情啊？

「對了！去抓隻貓來！」

春日突然這樣說道。

「魔女應該有手下才對啊，貓是最適合的角色了！哪裡找得到黑貓？而且要長得好看的貓才行。」

等等，長門的設定不是邪惡的外星人嗎？

「有什麼關係，去抓貓！我的想像就是這樣啊！哪裡會有貓呢？」

「當然是寵物店囉！」

春日難能可貴地對我漫不經心的回答做出了妥協。

「野貓就可以了。店裡賣的貓或者人家養的貓還要借借還還的，太麻煩了。有沒有哪裡的空地一去就可以看到成群的貓啊？有希，妳知道嗎？」

「我知道。」

長門只是微微地點頭，就像個宗教首領一般，踩著彷彿要將我們帶往應許之地的腳步開始往前走。還有什麼事是長門不知道的嗎？如果問她我五年前弄丟的錢包到哪兒去了，或許她也會告訴我。那裡面裝了我當時所有的財產，大約有五百日圓左右。

大約徒步約十五分鐘之後，我們來到長門一個人獨居的豪華公寓後頭。那裡有一大片整理得很好的草坪，四周為樹木所覆蓋，擋住了來自外頭的視線。有幾隻貓群聚在那邊，看起來像野貓，但是卻都是一些不怕人的傢伙。當我們靠上前去時，牠們也沒有要逃跑的樣子。大概以為我們要餵牠們吧？這些野貓們甚至緊纏在我們腳邊。春日抓起其中一隻貓。

「沒有黑貓啊？好吧，就用這隻貓。」

那是一隻花貓，更難得的是，還是隻公貓。可是春日似乎並不知道這種貓有多貴重，對自己隨手一抓的結果也不感到驚訝。

「哪，有希，這就是妳的同志，你們要好好相處。」

長門默默地接過春日抱起來的花貓，頂著一臉在路上接過廣告商發送面紙般的表情，而那隻貓也面無表情地被交給到她手上。

拍攝工作立刻在這裡重新展開。這裡是公寓後頭，場所好像已經不再是考慮的重點了。我的攝影機裡面塞滿了在片斷的靈光乍現之下所拍下的鏡頭。將這些片斷編輯成一個有頭有尾的故事不會是我的工作吧？

「有希，對實玖瑠發動攻擊！」

春日一聲令下，長門就擺出奇怪的姿勢蹲了下來，她變身成一個左肩上棲著一隻貓的黑衣魔法師。怎麼看都覺得那隻貓太重了，花貓溫順地緊貼著長門固然好，但是長門不只是脖子，連整個身體都歪了一邊，還費勁地保持平衡以免讓貓跌落。她一邊保持這種不自然的姿勢，一邊對著朝比奈揮舞著指揮棒。

「看招。」

我想，在這個畫面當中，大概會有不可思議的光線從長門的指揮棒中射出來吧？

「……啊！」

朝比奈做出痛苦掙扎的樣子。

「好，卡！」

春日很滿意地大叫一聲，我便停止了拍攝。古泉則放下手中的反光板。

「我要讓那隻貓說話，牠可是魔法師所養的貓耶，至少要講一些刻薄的話才行。」

太離譜了。

「你的名字叫三味線。哪，三味線，講講話！」

怎麼可能說話？不，求求你可千萬別說話。

或許是我的懇求傳到上天耳裡了吧？被取名為三味線這不祥名字的花貓並沒有突然開口講日語，反倒開始整理起自己的尾巴來，根本不理會春日的命令。這是理所當然的事情，但是我反而鬆了口氣。

「真是太順利了。」

春日一邊確認今天拍下的影像一邊很滿意地笑了，她上午的陰鬱表情好像不曾存在過一樣。心情轉換得快還真是一件好事，這一點我倒是願意衷心地佩服她。

「阿虛，你要負責照顧那隻貓。」

春日將導演椅摺疊起來，下了這個無理的指令給我。

「把牠帶回家好好照顧，因為以後的拍攝工作還需要用到牠。你可得好好地馴服牠喲！明天之前要教會牠一項特技。對了，譬如跳火圈什麼的。」

那隻貓光是能乖乖待在長門的肩膀上就應該算是一隻聰明的貓了吧？

「今天就到此為止，明天要拍最後一場戲！攝影進行得很順利，故事即將進入高潮，身體狀況也保持良好！大家好好休息，儲備明天的活力。」

揮舞著擴音器宣布解散的春日，一邊哼著《刀鋒戰士》的片尾主題曲一邊逕自回家了。

「呼——」

同樣嘆了一口氣的是我跟朝比奈。古泉將反光板夾在腋下開始準備回家，而長門則彷彿看著一枝沒有墨水的原子筆一樣看著三味線。

我彎下腰撫摸著花貓的頭。

「辛苦你了，待會兒請你吃貓罐頭，或者你想吃小魚乾？」

「都無所謂。」

一個響亮的男中音說了這句話，這不是在場任何人的聲音。我看著古泉和朝比奈愕然的表情，又看看長門的撲克臉。他們三個人都把視線望向同一個地方——我的腳邊。

我的腳邊只有那隻花貓，睜著圓滾滾的黑眼睛抬頭看著我。

「喂喂！」我說道。「剛剛是長門在說話嗎？我可沒有問妳耶！我是在問貓。」

「我也這麼想，所以才回答你，難道我說錯了什麼嗎？」

貓如此說道。

「我快虛脫了。」

這是古泉說的話。

「嚇死人了，貓竟然能說話……」

這是朝比奈說的。

「……」

長門默不作聲，一把抱起三味線。三味線又說：

「我實在搞不懂你們為什麼這麼驚訝？」

說著還緊緊地依在長門的肩頭上。

妖怪貓，貓怪……貓只要活幾年就會變成這樣來著？

「這我也不懂。對我來說，時間相當於不存在。現在是什麼時間？什麼時間是過去？我完全沒有興趣。」

光是會說話就已經夠嗆了，沒想到這隻貓竟然還說出這麼豁達的話來。你不過是一個肉球，別太得意了。哪裡有三味線店啊？還是把牠上架到網路上拍賣？

「對你而言，也許我確實是發出聽起來像人類語言的聲音，但是，鸚鵡或鷯哥類的鳥不也都會這樣嗎？你是根據什麼認為我發出了帶有語言意義的聲音？」

這傢伙在說什麼啊？

「我指的就是這個，因為你明確地回答了我的問題。」

「也許我所發出的聲音，只是剛好符合你的問題而已啊。」

「如果這種說法可以成立的話，那麼人類之間的對話有時候根本就不成立了，不是嗎？」

我為什麼會對一隻貓說這麼嚴肅的話呀？野貓三味線舔著自己的前腳，搔搔耳下。

「沒錯。你跟那邊那個小姐好像進行著會話的行為，但是沒有人能了解那是否已經傳達你們真正想傳達的意思了。」

三味線用陰沉的聲音說道。

「因為每個人都會在不同的場合說真心話和表面話。」古泉說。

你閉嘴！

「經你這麼一說，好像是……這樣沒錯。」朝比奈說。

對不起，能不能也請妳不要附和？

我將在草坪上的每隻貓都檢查過。除了三味線之外，其他的貓都只會發出「咪」或「喵」的聲音，好像只有這隻花貓突然之間獲得了發出人類語言的能力。為什麼？

都是那個笨蛋惹的禍。

「目前的狀況好像不太妙。」

古泉一邊優雅地將馬克杯送到嘴邊一邊打開話匣子。

「我們好像太小看涼宮同學了。」

「什麼意思？」朝比奈壓低了聲音。

「涼宮同學的電影劇情設定只怕已經被固定為常態了。她心中所描繪的電影內容被現實化，直接成為真實的情景。譬如朝比奈會發射出雷射，或者貓會說話等等。如果她心念一轉『我想拍攝巨大隕石落下來的畫面』，這種場面也許就真的會出現。」

現在除了春日之外，ＳＯＳ團的其他四個成員都聚集在車站前的餐飲店裡。古泉建議要設置針對春日的緊急商討本部，大家都表示贊同。看來事態真的是到了風雲變色的程度了。雖然看起來是幾個高中生聚在一起無所事事地談笑風生（笑的只有古泉一個），但是這幾個人所做的事情，就好像壞蛋們為了封殺正義使者的必殺技所進行的密談一樣，充滿可疑的氣氛。順便說明一下，我們讓三味線在店外的草叢裡等著，而且還三令五申要牠絕對不可以跟別人說話，或者回應別人的問話。沒有顯得特別不滿，回應了一聲「好吧」的貓乖巧地蹲在路旁的樹蔭底下，目送著我們離去。

「事情會變成什麼樣子啊……」

有著深刻感受的是朝比奈。可憐的是她顯得非常困擾，因為春日的電影使得她的神經遭受嚴重傷害。長門則依然不改她面無表情的表情，打扮也依然是一身漆黑。

古泉一邊啜飲著熱呼呼的咖啡牛奶一邊說道：

「我只知道，我們不能放任涼宮同學不管。」

「這種事情還需要你說嗎？」

我將冰水一口氣喝光，我已經把點來的蘋果茶喝光了。

「所以問題不就在於要如何阻止春日嗎？」

「說要阻止，可是現在還有誰能中止電影的拍攝呢？至少我沒有這種自信。」

我當然也沒有。

引擎一旦發動，只要春日沒有關掉開關，她就會一直往前猛衝。萬一她停止前進，也許就變成一條死魚了。如果追溯她的祖先的話，我相信一定會發現有鮪魚或鰹魚的血緣。

長門一臉什麼都不想的表情，默默地喝著她的杏仁茶。也許她真的什麼都不想，也或許因為了解一切，所以沒有必要多想，更可能只是因為她不擅於說話。在相處了半年之後，我依然無法理解這傢伙的想法。

「長門，妳認為呢？有沒有什麼意見？」

「……」

無聲地將杯子放回盤子裡的長門，以流暢的動作轉頭看著我。

「跟上次不一樣，涼宮春日不會從這個世界消失。」

她的聲音是那麼地冰冷乾澀。

「資訊統合思念體判斷，這樣就夠了。」

古泉以優雅的動作壓著額頭。

「可是我們很困擾啊。」

「我們並不會。觀測的對象產生變化反倒是我們樂見的。」

「是這樣嗎？」

古泉很乾脆地決定不再理會長門，再度轉頭看著我。

「那麼，我們必須決定涼宮同學的電影要列為哪種種類？」

唉，這傢伙又說出了讓人不解的話了。

「故事的構造大略可區分成三種種類。一種是在故事的框架裡進行，一種是破壞框框，創造新的框框，第三種是將破壞了的框框恢復成原來的樣子。」

果然又開始演說了。又說了會讓人產生「啊？這個人到底在講什麼啊？」的火星話了。朝比奈，妳不用頂著那麼認真的表情聽他鬼扯！

「但是我們存在於這個框架當中，所以想要了解這個世界就必須靠理論性的思考推測，或者透過觀測去理解。」

所謂的框架是什麼東東啊？

「你試著想想我們所處的『現實』世界。這個世界讓我們以現在這樣的模式生活著。相對的，涼宮同學所拍攝的電影對我們而言是虛擬的。」

那還用說？

「真正的問題是，在虛擬的情境當中所發生的事情影響到了『現實』。」

神奇實玖瑠之眼、鴿子、櫻花、貓。

「我們必須防止虛構對現實生活的侵蝕。」

我總覺得古泉在談到這種事情時都顯得特別有勁，他的表情看起來格外地開朗。為了跟他對抗，我決定露出一張陰鬱的表情。

「涼宮同學的特異能力透過拍攝電影的濾鏡而顯像化了。防止的方法就是讓涼宮同學了解到『虛擬終究只是虛擬』。因為現在的她在無意識的情況下把這道圍牆給曖昧化了。」

你說得倒還挺起勁的嘛！

「我們必須藉由理論性的方式來證明虛擬的事情並不是事實。我們必須誘導這部電影，使它合理地完成。」

「要怎麼做才能使貓說話這件事正當化？」

「用正當化來形容是不對的。這麼一來，最後就會構築起一個貓會說話的世界。在我們的『現實』當中，貓是不會說話的。如果說話的貓不是某個地方出了錯，那事情就糟糕了。因為在我們的世界裡，貓會說話是不可能的事實之一。」

「難道外星人和未來人還有ＥＳＰ是可能的事實嗎？」

「嗯，那是當然的，因為目前就的的確確存在著。在我們的世界裡，那是很普通的事情，但是附帶條件是不能讓涼宮同學知道。」

是嗎？

「譬如把我們的世界當成是從某個遙遠的地方眺望的東西吧！如果對她而言的『現實』世界，是一個就像你以前所認為的，完全沒有超自然現象的世界——沒有外星人也沒有未來人和超能力者的世界——的話，那我們的這個『現實』，看起來就會是不折不扣的虛擬世界。」

那就是你所說的神的真面目嗎？

「但是，那終歸是從遠方看到的狀況。你已經知道在這個世界裡存在有超自然的存在——也就是我跟長門同學——既然我們生存著，那你就只能在這個框架中認清這個現實。你現在對現實的認識應該跟一年前有很大的差異了。」

或許什麼都不知道會比較幸福一點。

「這該怎麼說呢？嗯，我可以確認一點，涼宮同學的狀態就跟以前的你一樣。也就是說，她對現實的認識還沒有產生變化。雖然她嘴巴上說東說西，但是內心深處卻不相信超自然的存在。舉她所看到的東西為例，涼宮同學認為閉鎖空間和《神人》都是夢境。夢是虛構的，所以，這個『現實』仍然保留某種現實形態。」

我們是這樣努力沒錯啦。

「嗯，所以，虛構會直接現實化，而如果涼宮同學把這些事情視為『現實』的話，說話的貓就會被組合成一種『現實』。貓會說話是一件很奇怪的事情，所以想把說話的貓現實化，世界就必須要重新構築。涼宮同學不是企圖創造一個貓會說話的世界嗎？也許還不到ＳＦ的世界。從她的思考模式來看，我不認為她會做這麼麻煩的事情。世界可能會一口氣變成科幻的環境，貓會說話也並不需要任何理由。只要存在著『會說話的貓』這個事實就夠了。完全沒有

『貓為什麼會說話的理由』。因為事情會變成貓本來就是會說話的動物。」

古泉放下馬克杯，用手指頭撫摸著陶器的邊緣。

「這就傷腦筋了，因為那會整個顛覆目前所有的概念。我以我的方式尊重人類的觀測結果和思考實驗，沒有人會觀測或預期在沒有任何外力的介入之下天生就會說話的貓。會說話的貓存在於我們這個世界是很奇怪的。」

那你們的存在又怎麼說呢？超能力者不也跟會說話的貓類似嗎？

「嗯，所以對世界而言，我們目前仍然是足以撼動既定法則的異類。我們之所以存在是拜涼宮同學之賜。這隻會說話的貓也一樣，因為涼宮同學企圖讓牠出現在電影中，結果牠就存在了。我所了解的是，涼宮同學企圖製作的電影內容，似乎想跟這個現實世界產生連結。」

現在不是了不了解的問題，得趕快想個辦法才對吧！

「所以首先我們必須要決定電影的種類。」

真想請他節制一點。洋洋得意地表現自己的口才對當事人而言或許是一件樂事，但是好歹也該站在聽眾的立場想想吧！你這段話讓人厭煩的程度，足可與舉行朝會時的校長訓話相匹敵。你瞧，朝比奈不是打剛剛就一臉黯然的樣子嗎？

但是古泉好像還意猶未盡。

「如果這是發生在虛擬世界的事情，那麼貓說話或者從朝比奈的眼睛發射出光束等現象都不需要任何說明了，因為那個世界『本來就是這樣的世界』。」

我將視線移向窗外，確認三味線還在那個地方。

「但是，如果說話的貓或實玖瑠光束的存在是有某種理由的話，那麼從發生的那個時刻開始，別的世界就可以看到這一切。貓會說話或朝比奈發射出光束的現實確實是存在的，只是人們不知道而已——只要透過觀測可以證明其存在，然而在那一瞬間，我們的世界就會整個改變了。我們必須從沒有超常現象的世界重新認識內含超常現象的世界。因為那會導致我們所知的現實世界成為虛假的世界。」

我嘆了口氣。怎麼做都沒辦法讓這傢伙閉上嘴巴嗎？

你要說的是，貓會說話需要一個正當的理由嗎？可是這麼一來，你跟長門還有朝比奈怎麼辦？你跟她們不也是完全被分類在超自然現象當中的嗎？

「對你而言大概是這樣吧？這應該是不言可喻的事情。對你而言，世界已經丕變了。剛進高中時的你和現在的你所認識的世界不是早就不同了嗎？你對現實的認識也已經跟以前不一樣了。而你不也認識新的現實了嗎？你不是已經了解確實有我們這種人的存在了嗎？」

「你是要我了解什麼？」

「我們把話題回到電影上，目前涼宮同學想製作的東西，大概會被分類成科幻的領域。在這部電影當中，貓會說話和朝比奈及長門同學使用魔法之類的力量都不需要任何理由。只是這樣，這樣就夠了。」

那麼，只要賦與妖怪貓和未來女服務生，還有邪惡的魔法師存在的意義就可以了嗎？

「但是也不能這樣，而且如果賦予存在意義只會造成那邊的困擾。因為觀測者如果在故事的開頭和結尾時確認了『故事內的世界已經產生變化』的話，就等於認同了它的存在。世界將會改變，變成貓會說話並不是大不了的事情。我並不希望世界變得更複雜。」

我也不希望。不會感到困擾的大概只有長門那邊的人吧？

「剛剛我說過必須先決定電影的形式，其實只需要求她以某種形式來對電影做個定位就可以了。而這種形式具有將所有的謎題和超自然現象解體，並透過合理的結局，將即將扭曲的世界拉回原來的世界的性質。有一種形式具有使最初的世界在結束時復活，並將所有謎樣的現象合理化的作用。」

是什麼形式？

「就是推理形式，尤其是被稱為本格推理的形式。只要定位成這種形式，所有難以置信的現象只消一句『真讓人覺得難以置信』，就可以忽視超自然現象了。只要把會說話的貓和朝比奈的必殺光束歸為某種巧妙的騙局就可以了。我們的現實也就不會改變了，不是嗎？」

餐飲店的女服務生明明很在意朝比奈，卻又刻意忽略似的前來撤走所有人的杯子。待她離去之後，古泉說：

「會說人話的貓很明顯地不符合這個世界的常識，但是會說話的貓確實存在。也就是說，不該存在的東西卻存在著。對我們的世界而言，這是非常不方便的。」

他一邊用手指彈著附著在裝了水的玻璃杯上的水滴一邊說：

「想要解決這個問題，就必須讓這部電影有個合理的結局。一個讓所有的人——不如說是涼宮同學——在理論上可以接受，也就是貓會說話、有未來人、有外星魔法師存在的結局。」

「有這種結局嗎？」

「有啊。很簡單，就是將之前完全不合理的發展，一口氣轉化為正常事物的結局。」

你倒是說說看啊。

「就是夢中的世界。」

「……」

沉默籠罩著現場，瀰漫在所有人之間。過了一會兒，古泉說道：

「我不是開玩笑的……」

我將輕蔑的眼視射向這個將瀏海纏在手指頭上把玩的溫文男子。

「你以為春日會接受嗎？那傢伙才不管是真是假，她可是真心想得獎呢。現在你要告訴她那是一場夢？我想她再怎麼白痴也不會拍出一部蠢到極點的電影。」

「這是沒有把她的想法考慮在內，純粹為了我們的方便所想出來的結局。讓她在作品當中提到電影的內容全都是一場夢、是謊言，也是錯誤的，這是最好的解決方法。」

對你而言或許是吧？對我而言，那或許也是不錯的方法。但是春日會怎麼想？搞不好那傢伙的腦海裡已經設定好駭人聽聞、她得意不已的結局了呢！

再說，我也不想再去碰觸夢之類的事情。順便再告訴你，我也不想再聽你做這種一點都不好玩又專斷獨行的說明了。

回家的路上，我順便前往量販店去。我買了最便宜的貓用餐盤和特價的貓罐頭，還索取了收據之後才來到店外。三味線一邊用前腳洗著臉一邊等著我。我往前走，貓也跟了上來。

「你聽好，在家裡一句話都不能說，像一隻貓該有的樣子。」

「我不懂什麼叫貓該有的樣子，不過既然你都這麼說了，我照做就是。」

「不要說話，答話時一律用喵叫聲代替。」

「喵。」

看到我帶回家的野貓，妹妹和母親都瞪大了眼睛。我搬出預先想好的說詞「這隻貓的主人要外出旅行，委託我照顧一個星期」，於是她們就欣然接受了。尤其是妹妹還喜孜孜地撫摸著三味線的身體。那隻妖怪貓只是乖乖地「喵喵」叫著。這樣不是太沒有貓的樣子了嗎？

一夜平安無事到天明，今天我還是得到學校去。我不放心把三味線放在家裡，便帶著牠一塊上學去了。我催牠躲進我的運動背袋裡，三味線便自以為了不起似的說「唉，好吧」才乖乖地進袋子裡。到了校門附近再放牠出來吧！

距離我們學校的校慶還有幾天，但是校內的紛亂氣氛彷彿與春日的步調產生連動的明顯擴大開來了，甚至讓人不禁要問昨天之前的死氣沉沉到底算什麼？

一大早四處就響起樂器聲和歌聲，也到處都看得到正在製作招牌和告示牌之類的人，甚至看得到不知道打算做什麼表演，卻穿著莫名其妙的衣服四處閒晃的人們。照這種情況來看，我覺得就算有一兩個異世界的人混在當中，也不是不可思議的事情。幹勁等於零的大概只有一年五班的人吧？也許是春日把這個班級的所有幹勁都吸走了。

我一走進教室時，發現春日已經坐在座位上振筆疾書，不知道在寫些什麼東西。

「妳終於想要寫劇本了嗎？」

我一邊坐到自己的座位上一邊問道。春日的鼻子哼哼地響著，下巴抬得老高。

「才不是咧，這是電影的宣傳文案！」

「讓我瞧瞧！」

她拿起筆記在我眼前晃了一下。

『朝比奈實玖瑠的完全珍藏極機密影像滿載！沒看的人絕對會後悔！SOS團敬獻 今年最ㄏㄤ的話題之作！請大家踴躍捧場！』

上面寫滿了煽情的文句及今年只剩兩個月之類的聳動詞章，這是無所謂啦，可是這種文案不是會讓人解讀成只有朝比奈會出現嗎？要是有人在看了這個文案之後可以想像這是一部什麼樣的電影的話，我會用另一種觀點對他表示敬意。老實說，連我這個負責拍攝的人都不知道自己拍的是什麼樣的電影，而且也沒辦法多表示一點意見。我想春日大概也不知道吧？話又說回來，她竟然可以寫出這麼多拗口的字？

「我要去印傳單，在校慶當天在校門前分發。嗯，效果一定超好！如果在校慶當天穿著兔女郎裝的話，岡部應該也不會有話說吧？」

不，我想他還是會有意見的，這可是一所校規嚴謹的縣立高中耶，妳就別做一些會讓班導胃痛的事情吧！

「再說朝比奈還要忙他們班的模擬商店吧？古泉和長門的班級大概也會有活動，當天有空的就只有妳跟我了。」

春日帶著可疑的眼神看著我。

「你是說由你來扮兔女郎嗎？」

怎麼可能？妳扮不就好了？至於我，我會站在後面幫妳拿宣傳看板的。

「對了，妳知道嗎？距離校慶沒幾天了耶，這個星期六和星期日就要舉辦校慶了。」

「我知道啊。」

「是嗎？看妳一副悠哉悠哉的樣子，我還以為妳搞錯日子了。」

「我哪有悠哉？你沒看我正用力地想一些煽情的句子嗎？」

「比起宣傳的事，應該有更重要的事情要先做吧？電影什麼時候完成啊？」

「就快了。現在只要補拍一些畫面，然後剪輯在一起，再加進後製作業和音樂及ＶＦＸ就可以了。」

真是讓我驚訝。站在攝影師的立場來看，我覺得需要補拍的畫面可能還比已經拍好的還要多，這個導演到底要拍出什麼樣的電影啊？再說拍完之後的後製作業可能得花更久的時間耶，真希望這只是我個人的誤解。

現在是第三堂和第四堂課之間的休息時間。

「阿虛！」

她的音量大得足以讓教室裡的同學們都飛跳到半空中，我出於反射往出聲的方向一看，只見鶴屋站在門口窺探著。旁邊隱約可以看到朝比奈那柔軟的頭髮。

「過來一下。」

我彷彿被鶴屋的笑容給吸引了似的飛快竄了過去。春日依然維持一到休息時間就不知道跑到哪裡去的習慣，所以人不在教室裡。大概是在校園的某個地方蹓躂吧？太好了。

我來到走廊上，鶴屋拉住我的袖子。

「實玖瑠說有話跟你說！」

她用著幾乎可以傳到對面校舍的巨大聲音大叫，然後砰砰砰地拍拍朝比奈的背。

「哪，實玖瑠，把那個拿給阿虛！」

朝比奈以戰戰兢兢的動作遞給我一張紙條。

「這個……那個，是、是優待券。」

「就是我們班賣的炒麵飲料券啦！」鶴屋追加說明著。

我滿心歡喜地收了下來，大概是折價券之類的東西吧？根據蓋了章的印刷文字看來，拿這張券去吃炒麵可以打七折。

「請你帶朋友一起過來捧場。」

朝比奈深深地低垂著頭，鶴屋則像漫畫中的人物一樣咧著嘴猛笑。

「就這樣！走了！」

鶴屋說完大步就要離開，朝比奈作勢要跟上去，但是隨即又一個人跑回我身邊。鶴屋見狀咯咯咯地笑著，停下腳步等著。

朝比奈緊扣著兩手，瞄著我說。

「……阿虛。」

「什麼事？」

「關於古泉所說的話，我想，還是不要太相信得好……我這樣說你或許會以為我對古泉有所誤解……那個，我也不喜歡這樣，但是……」

「妳是指他說春日是神的事嗎？」

如果是這件事，我是不會相信的。

「我，那個……我有不同的想法，也就是說，那個……跟古泉的解釋是不一樣的。」

朝比奈吐了一口氣，揚著眼睛看著我。

「涼宮同學確實是具有改變『現在』的能力。但是，我不認為她的能力足以改變世界的架構，這個世界打一開始就是這樣的，不是涼宮同學創造出來的。」

這麼說來……她的想法是和古泉背道而馳的囉？

「我想長門同學的想法也不一樣。」

朝比奈用手指頭捲著制服的前襟。

「那個……我這樣說，外人聽來或許有點不太好，但是……」

鶴屋在不遠處盈盈地笑著看著我們，臉上的表情就像敦促幼鳥離巢的母燕一樣。她會不會是誤會了啊？

朝比奈說起話來非常木訥。

「古泉所說的話跟我們所想的是不一樣的。要是我說……那個……不要太相信古泉說的話，或許會有些語病，我是說——」

她驚慌失措地搖搖手。

「對不起，我不太會說明，而且又言不及義……我是說——」

她時而低下頭時而看著我。

「古泉有他們那邊的立場和理論，我們這邊也一樣。我想長門同學大概也是，所以——」

朝比奈帶著彷彿以全身力氣下定決心似的表情凝視著我。她連這麼正經八百的時候都這麼可愛。能夠這麼近距離欣賞她的臉龐，讓我感動得不停顫抖著，我充滿自信地回答：

「我明白，春日怎麼可能是神呢？」

與其要捐香油錢給那種傢伙，不如奉朝比奈為教祖並成立宗教法人，一定能招收到更多信徒。我可以同時蓋上正式的印章來保證這件事。

「對我來說，朝比奈學姊說的話比古泉更容易讓我理解。」

朝比奈似有若無地嫣然一笑。我想要是甜豆會笑的話，應該就是這種感覺吧？

「嗯，謝謝你，但是我本身並不包含古泉在內。這一點也請你理解。」

她說出讓我感到莫名其妙的話之後，抬著眼睛看了我一眼，隨即就逃也似的轉身離去。我又沒有打算抱住妳。

朝比奈輕輕地揮揮手之後，就像跟在母鳥後頭走著的黑雛鴨一樣，追著鶴屋而去了。

應該把作業速度加快一點才行吧？我一邊懷疑自己幹嘛正經八百地想著這種事，一邊前往社團教室。我打算使用一下電腦，沒想到裡面已經有客人在了，尖頂帽搭配黑色斗篷正坐在裡面看著書。

我還來不及說什麼話。

「我想朝比奈實玖瑠的主張是這樣的。」

長門彷彿讀出了我內心的想法似的打開了話匣子。

「涼宮春日並不是造物主，她並沒有創造世界。這個世界以前就以這種形態存在著。超能力或時間異動、宇宙生物體等超自然的存在，並不是因為涼宮春日的願望而產生的，是本來就在那裡的。涼宮春日的任務就是在不自覺的情況下發現這些存在，她的能力是從三年前開始被發揮出來的，但是她的發現尚未到達自我認知的程度。她可以探知世界的異常，但是這跟她對異常世界的認識是兩碼子事，因為這邊還存在妨礙她認知的要素。」

笑也不笑的嘴淡淡地說著話。長門定定地窺探著我的眼睛，最後這樣說道，然後閉上了嘴巴。

「那就是我們。」

「朝比奈學姊有跟古泉不同的理由，如果讓春日目睹不可思議的現象會造成不便嗎？」

「是的。」

長門又把眼光望向打開的書本上，那種態度就好像跟我之間的會話不算一回事一樣。

「她是為了保護她所屬的未來時空而來到這個時空的。」

我有種感覺，她好像輕描淡寫地說著某件重大的事情似的。

「對朝比奈實玖瑠的時空而言，涼宮春日是一個變數，為了穩定未來，必須輸入正確的數值。朝比奈實玖瑠的任務就是調整那個數值。」

長門靜靜地翻著書本，沒有發出任何紙張的聲音。那不帶感情的黑眼睛眨也不眨一下。

「古泉一樹和朝比奈實玖瑠針對涼宮春日所採取的任務是不一樣的。他們是絕對不會認同對方的解釋的。對他們而言，彼此的理論只會動搖他們自己存在的根本。」

等等，古泉說他是在三年前才有超能力的。

長門立刻回答了我的問題：

「沒人能保證古泉一樹所說的話是真的。」

那張英俊的笑臉在我腦海裡掠過，確實是沒人可以保證。只是古泉說的話剛好能為我遭遇的事情做一個像樣的解釋而已。誰知道那是不是正確的答案？而且朝比奈也說不要相信他，但是，朝比奈也一樣。有誰能為我保證朝比奈版的解答是正確的呢？

我看著長門，古泉所說的話或許是假的，朝比奈也或許並沒有發現到自己的意見是不正確的，只有這個冷靜的外星人應該不會說謊。

「妳怎麼想？哪一個才是正確的答案？之前妳說過所謂的自律進化的可能性，會出現什麼結局？」

一身黑衣的愛書人完全沒有感情。

「我再怎麼據實以告，你都沒辦法得到明確的證明。」

「為什麼？」

但是就在這個時候，我看到了鮮少看到的東西。長門露出了迷惘的表情，我有點驚訝。

「因為沒有人能保證我所說的話是真的。」

長門最後丟下這句話就放下書本，離開社團教室了。

「至少對你而言是如此。」

上課鈴響了。

不懂。

平常人哪能懂啊？

不管是古泉還是長門，你們好歹也用人家比較容易明瞭的方式解說嘛！我懷疑他們是不是故意講得這麼艱澀難懂的啊？你們應該多下一番工夫，簡單地整合一下的。否則這些話只會讓人左耳進右耳出，誰聽得進去啊？

當我交抱著雙臂走著時，一群做無國籍中世紀打扮的人追過我，彎過走廊的轉角。如果長門穿著那身黑衣混在當中，似乎也不會讓人覺得奇怪。或許是某個班級或社團不讓春日專美於前，開始拍起科幻電影之類的東西來了。這倒也不錯。我想他們一定沒有像我一樣的煩惱，只是開開心心地進行拍片工作吧？應該會有比較正常的導演負責比較具有常識性的指揮工作吧？

我嘆了一口氣，朝著一年五班的教室走回去。

覺得電影的拍攝工作順利無比的人只有春日，我跟古泉還有朝比奈臉上的黑色線條只會越來越深，越來越多。

隨著拍攝工作的進行，好像發生了各種不同的事情。不知不覺當中，從模型手槍射出來的不是BB彈，而是水彈；每當春日帶來不同顏色的隱形眼鏡時，朝比奈就會引發一陣騷動（金色的就發射出來福鏢，綠色的就射出微波黑洞——），每次她都要被長門咬上一口；原本綻開的櫻花在第二天就凋謝了；神社裡的白鴿們在幾天之後好像變成了早就滅絕的旅鴿（古泉私底下偷偷告訴我的）；地球的歲差運動（註：星球除了公轉和自轉之外的一種周期性運動）也產生微妙的偏差（長門說）。

日常的事物似乎漸漸地脫離了軌道。

當我拖著疲累的身體回到家時，那隻長了鬍鬚的動物又對我張嘴說話了。

「只要在那個活蹦亂跳的少女面前閉嘴就可以了吧？」

花貓擺出人面獅身像般的姿勢睡在我的床上。

「你倒是挺聽話的嘛！」我輕輕地抓住三味線長長的尾巴。貓兒滑溜地將尾巴從我的手中逃開。

「你們好像希望我這樣啊，不知為什麼我也覺得讓那個少女聽到我講話不是一件好事。」

「照古泉的說法似乎是這樣沒錯。」

貓會說話，這就意味著必須要有一個讓貓說話也不足為奇的道理存在。簡單說來，只要構築起一個即使存在著會說話的貓也不會讓人感到不可思議的世界就好了。可那究竟是一個什麼樣的世界，又是什麼樣的貓啊？

三味線不停地打著呵欠，整理著牠的尾巴。

「貓也有很多種，人不也一樣嗎？」

我真想更了解一點那個「很多種」的部分。

「了解又怎麼樣？我不認為你可以代替貓，也不認為你可以理解貓的心理。」

真是教人厭煩到極點，每件事情都一樣。

正想去洗個澡時，妹妹來到我房間，說有客人找我。

我邊猜測著來者何人邊走下樓去。沒想到找上門的人竟然是古泉。我來到房子外頭，在夜晚的路上跟他對談。我不想請他進屋內，以免又得聽他沒完沒了的長篇大論，另一方面，我也不想在這個時候先後聽到他和三味線說些意義不明的抽象理論。

果然不出我所料，古泉兀自滔滔不絕地說著他的大道理，最後甚至還說出這種話：

「對涼宮同學而言，細小的設定或伏筆是無關緊要的。我覺得這樣反倒比較有趣，而且也足夠了。劇情當中並沒有合理的解決方法和綿密的故事構成，更沒有堪稱為線索的伏筆。也許可以說她是在極短暫的剎那間完成一個故事吧？她並沒有考慮到結局。搞不好故事在沒有結局的情況下就結束了。」

這樣有什麼不好嗎？照你所說的，如果電影就這樣以半吊子的狀況結束的話，這個即將崩壞的現實就會定形成現實嗎？春日心裡必須有個結局，而且必須是符合現實狀況的結局，而這是我們必須去考慮的問題，春日是不會考慮這種事的，而且那傢伙思考的事情往往會造成毀滅的下場。既然如此，還是由我們來思考會比較好一點，但是我們為什麼非得考慮這種事情不可？難道就沒有哪個人可以來幫我們承擔這個咒語嗎？

「要是有那種人存在的話——」

古泉聳聳肩。

「我想早就出現在我們面前了吧？所以我們必須想辦法解決才行。尤其是你，我期待你能更加把勁。」

要我加把什麼勁？請清楚地告訴我吧。

「因為一旦世界虛擬化的話，我們的理論就不會成立了，朝比奈或許也會受到影響，因為他們好像也有他們的理論存在。至於長門同學，我不是很了解她，不過觀察者一般都只是接受結果而已。他們只是冷靜地接受最後勝出的理論。就算地球消失了，只要涼宮同學存活的話就無所謂。」

路邊的燈光將古泉在陰暗中不帶任何感情的臉照亮了起來。

「我可以告訴你實話，我想，提出以涼宮同學為中心為理論的，應該不只我們『機關』和朝比奈一派，其他還有很多。多到我很想摘要地告訴你我們在檯面下進行的各種抗爭和血肉模糊的殊死戰。背叛自己的同盟、彼此妨礙和詐騙對方、或是展開破壞和殺戮等惡劣行徑。各個集團都傾注所有的力量進行為求生存的對戰。」

古泉露出帶著幾絲疲憊色彩的嘲諷笑容。

「我也不認為我們的理論是絕對正確的，但是就現狀而言，如果不先認同這種理論就根本沒辦法自處。我的初期配置很碰巧地就在那一邊，無法隨便倒戈向哪一方。白色的棋子是不能往黑棋那邊移動的。」

你就不能拿黑白棋或象棋做比喻嗎？

「這跟你大概沒什麼關係吧？對涼宮同學來說也一樣，這樣反而好。尤其是涼宮同學，我希望她永遠不會知道，我不想在她心裡造成陰影。按照我的標準來說，涼宮同學有著值得人喜歡的特質。啊，當然你也有。」

「你為什麼要告訴我這種事？」

「我只是說溜嘴罷了，沒有什麼理由。而且我也可能只是開玩笑，也或許只是一時被奇怪的妄想給佔據了，更可能只是為了博得你的同情。不管怎麼說，那都是無關緊要的話。」

確實，一點都不好玩。

「順便再告訴你另一件無關緊要的事。你有沒有想過，朝比奈實玖瑠她……很抱歉，朝比奈跟我們一起行動的理由？沒錯，朝比奈看似是一個容易讓人擔心的美少女，我也了解大家都不由自主地想對她伸出援手的原因。你對她的所作所為一定都很認同吧？」

「那有什麼不對嗎？」

幫助弱者不受強者的欺負是一般人該有的情操。

「她的任務就是在籠絡你，所以朝比奈才會有那樣的外形和性格，剛好就是你喜歡的嬌弱而可愛的少女類型。因為你是唯一可以讓涼宮同學稍微聽進一些話的人選。因此掌握你是最適當的作法。」

我像深海魚一般沉默著，也回想起半年前朝比奈對我說過的話。不是現在的朝比奈，而是來自更遙遠的未來，已經變成大人的朝比奈。寫了一封信把我叫出去的那個朝比奈說過「請你不要跟我太親近」。那是她考慮到她自己的立場才這樣說的嗎？或者是她個人真正的心聲呢？

古泉見我默不作聲，趁機又用彷彿古老的繩文杉（註：一種樹齡十分久遠的杉樹名）般沉穩的聲音繼續說道：

「如果朝比奈只是在扮演一個單純女孩的角色，事實上她卻別有用心的話怎麼辦？她大概是覺得這樣比較容易獲得你的好感吧？看起來稚嫩無助的模樣，以及對涼宮同學的刁難唯命是從的可憐姿態，這一切都是別有用心的。這一切都是為了吸引你的目光。」

我覺得這傢伙真的是瘋了，我效法長門用不帶一絲感情的聲音說道：

「你的玩笑話我已經聽膩了。」

古泉露出淡淡的微笑，有點誇張地攤開雙手。

「啊，對不起，我畢竟還是欠缺講笑話的能力。我是騙你的，一切都是我捏造的不合理設定。我只是想說一些能讓你印象深刻的事情。你當真了嗎？這麼說來，我的演技還真不是蓋的，我已經有登上舞台的勇氣了。」

他一邊發出刺耳的笑聲一邊說。

「我們班上要表演莎士比亞的舞台劇，就是『哈姆雷特』。我飾演基騰史登（GUILDEN-STERN）的角色。」

不認識，反正一定只是個配角吧？

「本來就是這樣，但是排練到一半就變成了斯托帕特（註：著名的英國劇作家）版了。所以，我上場的場次也增加了很多。」

真想慰勞他一聲，辛苦你了。只是我可從來不知道哈姆雷特除了莎士比亞版之外還有其他的版本。

「因為涼宮同學的電影，還有我們班的舞台劇，使得我的行程排得相當緊湊，這可是很重的壓力呢。如果我看起來很疲累的話，大概就是這個緣故吧？如果閉鎖空間在這個時候還來湊一腳的話，我相信我一定會受不了的，所以我才來請你幫忙。我必須請你想辦法防止涼宮電影

成為異常現象的發生來源。」

你是指合理的結局嗎？你不是說過把它設定為夢境就可以了？

「讓春日認為她所拍的電影內容完全都是瞎掰的——是嗎？」

「必須明確地讓她產生自覺。她很聰明，明白電影終究只是虛構的。我只是覺得如果事情能這樣發展是最好的。我必須讓你了解事情不能這樣繼續下去，而且最好在拍攝結束之前就要搞定。」

有勞你了。古泉對我行了個禮，然後消失於夜色當中。什麼跟什麼啊？那傢伙是特地來把責任推給我的嗎？因為他已經很辛苦了，所以接下來的辛苦就由我來擔，是這樣嗎？果真如此的話，他應該也弄錯對象了吧？這又不是玩抽鬼牌的遊戲，也不是在推卸責任。涼宮春日可不是第五十三張牌耶。她不是王牌，也不是黑桃A，當然更不是鬼牌。

「不過——」

我喃喃自語道。

看來似乎不能再置之不理了。姑且不說長門，朝比奈和古泉似乎都已經被逼到最底限了。說不定連這整個世界也一樣，只是我不知道而已。

「真傷腦筋……」

好麻煩！可惡！我也一樣心浮氣躁的呀！

我思索著萬全之策。該怎麼打消春日的妄想啊？電影是電影，現實是現實，兩者是互不相干的——我該怎麼做才能讓她明明白白、確確實實地了解呢？有什麼辦法可以讓她再度接受本來就是理所當然的事啊？夢境嗎……除此之外呢？

距離校慶沒有多少時間了。

第二天，我向春日提出一個建議，爭論了一陣子之後，她終於點頭答應了。

「殺青了！」

春日高聲大叫，敲打著擴音器。

「各位辛苦了！現在全部的攝影工作都結束了！謝謝大家的努力！尤其是我特別想誇獎我自己！嗯，我真的很了不起。Great job！」

聽到她這麼說，女服務生朝比奈攤也似的坐了下來，彷彿打心底感到安心似的，露出泫然欲泣的表情。事實上，她確實是輕聲啜泣著。春日似乎把她的淚水解釋成無限的感動。

「實玖瑠，現在哭還太早了，把淚水留到獲頒棕櫚獎或奧斯卡金像獎的當天再流吧！到時再和大家一起感受幸福吧！」

隔天就是校慶了，午休時間我們聚在校舍的屋頂上。時間已經緊迫到無法好整以暇地吃午飯了。

實玖瑠和有希的最後一戰，因為超能力突然覺醒的古泉一樹，以某種讓人匪夷所思的威力，將有希打飛到宇宙的彼方而宣告落幕。

「這樣就完美無缺了，果然是拍了一部好電影。要是賣給好萊塢，一定會吸引數也數不清的片商！首先得先找個腦袋靈光的經紀人簽訂契約才行！」

春日真是充滿了全球化的驚人氣勢。我是不知道有什麼人會看這種電影，因為唯一的賣點就是女主角，其他的工作人員根本就不值一提。可以的話，我希望能以朝比奈經紀人的身分前往推銷，我想應該多少可以賺到一些蠅頭小利吧？順便也可以試著培養春日成為偶像明星。我倒是可以自行把她們的相片和履歷表寄去試看看。

「終於結束了嗎？」

古泉帶著開朗的表情對著我微笑。

我感到很生氣，不過這種免費的微笑大概是最適合這傢伙的表情。我也不想看到一臉憂鬱的古泉，因為那會讓人覺得很不舒服。

「等拍攝工作結束後回頭一看，覺得好像只是一瞬間的事情。有人說快樂的時間總是過得比較快，那快樂的到底是誰啊？」

誰曉得啊？

「接下來的事情可以全部交給你嗎？現在我的腦袋裡盡是班上舞台劇的事情。舞台劇跟電影不一樣，是無法NG的。」

古泉帶著一慣的笑容，用手背拍拍我的肩膀小聲地說：

「還有一件事我很感謝你。不論是我們組織，還是我個人。」

說完他就離開屋頂了。長門依舊面無表情，跟隨古泉身後默默地走了。

朝比奈被春日環著肩，一起看著遙遠彼方的海洋。

「目標是好萊塢、百老匯！」她被迫這樣吶喊著。有雄心壯志固然不壞，不過如果妳們往指著的方向渡海而去的話，抵達的地方可是澳洲耶。

「唉。」

我嘟噥著將攝影機放到腳邊坐了下來。對古泉和長門還有朝比奈而言，事情也許是告一段落了，但是對我而言，這才是問題的開始，還有事情沒有做完呢。

自己拍攝下來的龐大影像帶、沒有價值的垃圾情報，必須想辦法處理成「電影」的模樣。這是誰的工作啊？不用說我也知道。

星期五的傍晚。社團教室裡只剩下我跟春日，其他三個人分別去處理班上的工作了。

攝影完畢固然是件好事，但是因為過程拉得太長，以至於完全沒有處理其他事情的空閒。將影像傳送到電腦裡反覆觀看之後，我得到的結論還是——這根本就是一支推銷朝比奈實玖瑠的廉價宣傳帶。

老實說，一直到最後我還是搞不清楚春日拍了什麼電影。畫面上的女服務生和死神少女，還有那個老是傻笑的少年，他們是不是腦袋有問題啊？而且再怎麼找都找不出多餘的時間去完成視覺效果等後製作業，而且我們本來就不具有那種技術。看來只好將這部沒有加工、沒有添加任何東西的原創影片播放出去了。

春日卻鬧起彆扭來。

「怎麼能把還沒有完成的東西展示出去？你想想辦法嘛！」

難道妳是在對我說話嗎？

「妳再怎麼催也沒用，明天就是校慶了，我已經盡最大的能力了。光是要把妳隨時想到就拍攝下來的故事內容串連在一起就已經很頭痛了。現在我暫時什麼電影都不想看了。」

但是春日最擅長在瞬間抹殺別人的意見。

「要是熬夜趕工的話不就來得及嗎？」

誰來熬夜啊？我並沒有這樣問。因為這裡只有我，而且春日那像黑檀木一樣的眼睛正筆直地盯著我瞧。

「今天住在這裡不就得了？」

然後春日又說了一句讓我驚訝不已的話來。

「我來幫你。」

從結論來看，春日根本沒幫上什麼忙。有一陣子她站在我背後嘟噥著，但是不到一個小時，她就趴在桌上開始發出鼻息聲。真是的，要是能拍下她的睡臉就好了。我大可以在結局時將她的睡臉放大停格的。

順便告訴各位一聲，之後不久我好像也睡著了。因為等我睜開眼睛時，天色已亮，我的半張臉上都印著鍵盤的痕跡。

所以，昨天熬夜根本一點意義都沒有，電影依然沒有完成。我想盡辦法東剪西貼，剪接成三十分鐘的影片，但是怎麼看都是一部悽慘無比的垃圾。由不懂電影的外行人全憑一股衝勁所拍出來的作品大概就是這副德行吧？倒不如只要拍攝朝比奈兔女郎的商店街ＣＭ就好，可是因為整部作品是以幾近胡鬧的剪輯方式，將根本不存在的故事串連在一起，所以更形破綻百出，簡直是慘不忍睹。結果，這部影片當中既沒有後製作業，也沒有ＶＦＸ等，只是一部笑掉人大牙的垃圾電影。我想連谷口也不會想看的。

我想把電腦從窗口丟出去，射進來的晨光卻讓我不由自主地瞇起了眼睛。因為昨晚用極度不自然的姿勢睡覺，讓我覺得脊椎痠痛。

比我先醒來的春日把我叫醒的時刻是凌晨六點半。仔細想想，這是我第一次住在學校。

「喂，怎麼樣了？」

春日越過我的肩膀看著螢幕，我只好移動滑鼠點出畫面。

「……哇！」

春日發出小小的歡呼聲，我則驚訝地張大了嘴巴。我們的片名竟然以充滿氣勢的ＣＧ畫面顯示出來，之後開始播出的「朝比奈實玖瑠的冒險Ｅｐｉｓｏｄｅ　００」雖然故事支離破碎、聽不到台詞、手振畫面滿天飛，甚至連導演在畫面之外發怒的樣子也收錄進畫面，但是以高中生製作的電影品質來看，倒是達到了某個水平。不但有雷射從朝比奈的眼睛射出來，連長門的指揮棒也射出了帶著怪異色彩的光線。

「嘿嘿！」

春日也大為驚嘆。

「還算不錯嘛！雖然稱不上完美，但是只要你用心做還是做得來的。」

不是我。一定是有另一個人趁我睡覺的時候完成的，我再怎麼做也做不出這種東西來。最有可能的是長門；第二人選則是古泉；朝比奈則完全不在懷疑範圍；還是某個尚未登場的神祕人物？一定是這樣吧？

好一陣子，我們默不作聲地欣賞著自動完成後製作業的電影。如果不是用這麼小的畫面，而是用大螢幕來觀賞的話，或許還會產生不同的感動呢。

螢幕上的動畫就要跑到最後的畫面了。古泉和朝比奈手牽著手漫步在盛開的櫻花底下。然後鏡頭漸漸拉遠，映出整片藍空。緊接著結束的背景音樂響起，工作人員名單開始縱向捲動。

最後還有春日的口白。

那是我費盡心思要求春日做的口白。是我說服她片尾必須加上包含了遊戲的要素，而且是由導演親自劃下句點的台詞。

那是可以將所有的一切都消除殆盡的魔術話語。

『本故事純屬虛構，和實際存在的人物、團體，以及其他固有名詞或現象完全無關。全都是胡說八道的。若有雷同，純屬巧合，只能算是一種偶然。啊，ＣＭ的畫面另當別論。請多支持大森電器店和山土模型玩具店！並請各位踴躍購買。咦？再講一次？本故事純屬虛構，和實際存在的人物、團體……我說阿虛，為什麼非得講這些話不可？那不是理所當然的事嗎？』

尾聲

校慶一開始，我就沒什麼事情好做了。

事實上，我覺得任何活動都是在準備階段才是最有趣的。一旦活動開始，在手忙腳亂的當下，時間只會快速地溜過，頃刻之間又到了處理善後的時候了。所以在那個時間來臨之前，就讓我盡情地閒晃吧！至少今天跟明天我什麼都不做，也不會有人在耳邊嘮叨個沒完沒了吧？

至於那個唯一可能會發牢騷的春日，現在則打扮成兔女郎的模樣站在校門前發傳單。我不知道在岡部導師和執行委員會出面制止之前，她能發出多少張傳單。

我從社團教室走出來，往越顯朝氣的校內走去。

我之前擔心的改變似乎穩定下來了。古泉是這樣認為的，而長門也保證過了，所以應該是這樣沒錯吧？因為三味線不能說話了，我也因此而了解了這個事實。現在牠就跟長門一樣沉默。事到如今再把牠趕出去也未免太殘忍了，於是我想把牠留下來飼養。因為妹妹也為了家裡多出了一個會動的絨毛玩偶而欣喜不已，就跟家人說「先前的貓主人決定搬家了」好了。

這隻公花貓有時候會喵喵叫著，不過那只是我聽起來的聲音，或許牠說了什麼話呢。唉，算了。

若說有什麼事物消失，說來也奇怪，前些日子我經常看到的那些奇裝異服的團體，並沒有在校慶當中表演。

我看過執行委員會發行的手冊，卻怎麼找都找不到，也到過可能會做這種事的教室（譬如戲劇社等）去窺探過，可是仍然不見蹤影。那些傢伙到底是什麼人啊？

「唔。」

我無意義地嘟噥著，在校舍裡緩步前進。

如果有異世界的人在學校內蹓躂的話會怎麼樣？如果他們穿著充滿異世界科幻風格的衣服的話呢？對，就像長門一樣。

果真如此的話，那麼長門是不是為了隱瞞春日而故意以做那種裝扮四處走動？只為了給春日一種印象——這種服裝只會在校慶時出現。

長門總是沉默不語，所以我無從得知，但是在我不知情的地方很可能上演著另一種爭鬥，也許這一次是在特別平靜的狀況下進行的。就算挽救地球於毀滅的邊緣，那傢伙大概也同樣不發一語吧？如果問她，或許她會告訴我。不過，我想反正她總是會說一些用言語無法完全傳達的內容，而且我也不認為自己擁有可以理解那些理論的腦袋。

所以我選擇了沉默。尤其是對春日，我應該一直保持沉默吧？

換個話題，ＳＯＳ團製作的電影正在視聽教室上映。大致上說來只有我們和電影研究社的作品在上演。這還是春日向該社提出嚴重的抗議，而且逐步勉強他們答應的，因為有投影機的教室只有那一間。該社直到最後都面有難色，但這個世界上似乎沒有人可以違抗春日的決定，結果該社被迫放映了夾帶有ＣＭ的低級電影。

順便告訴各位，就校慶執行委員的立場而言，學校裡並沒有ＳＯＳ團的存在，因此校慶的節目表中完全沒有提到「朝比奈實玖瑠的冒險Ｅｐｉｓｏｄｅ　００」這個節目。看來是不可能得到票選第一名的榮譽了。我想那些票大概都會跑到電影研究社那邊去了吧？

再提一件無關緊要的事。關於那部激發春日興起拍電影動機的深夜電影，據我事後調查的結果得知，那部片子並沒有得到金球獎，是很久以前在坎城影展出品，名叫《只有》的宣傳黑白片。那傢伙到底有沒有搞錯啊？為了確認這件事，我還去租了片子看。開頭才過三十分鐘我就睡著了，所以根本不知道內容到底算有趣還是無聊？我想在還片子之前再嘗試挑戰看看。

因為機會難得，我也去觀賞了一年九班的舞台劇。

古泉始終帶著微笑演戲，他飾演一個最後死得很愚蠢的莫名其妙角色，白痴的程度跟春日的電影有得拚，但是好像挺受觀眾歡迎的。難道因為主角是古泉，使得我的腦袋產生奇怪的偏見嗎？古泉的演技不像演技，看起來就像平常的古泉，對我而言，這也是一項負面的因素。

閉幕後出來謝幕，回應觀眾掌聲的古泉對著我眨眼。在他的秋波還未送達之前，我便離開教室了。至於長門的班級，我本來也想嘲笑一番的，沒想到占卜大會教室前面已經排出一條長長的人龍了。我往內窺探了一下，在滿是黑色布幕的教室內，安排了幾個身穿黑衣的女學生，長門那張毫無表情的白皙臉孔也在其中。她把手擱在置於桌上的水晶球上，淡淡地對著客人說話。長門，妳行行好，只要幫忙尋找失物就好了。

因為電影而引起的各種紛爭，似乎因為「這種內容終究是虛構的」的說法而順利解決了。但這個現實世界可不是一句虛構就可以交代過去的。我跟春日、朝比奈、長門還有古泉都在這裡，怎麼可能以一句「事實上並沒有那種人存在」交代了事呢？或許有一天大家會各奔前程，但至少現在SOS團就在這裡，團長和團員也都在。因為我所知道的這個世界就是這樣的。

唉，該怎麼說呢？有時候我也會想，或許一切都只是個大謊言。春日根本就沒有什麼力量，而朝比奈和長門以及古泉只不過是信口開河罷了。白鴿只是被塗上油漆，三味線則是使用腹語術或隱藏式麥克風，而秋天的櫻花和神奇實玖瑠之眼攻擊也全都只是一種巧妙的安排。

就算如此，我也不能說什麼啊？

「難道那是不可能的嗎？」

無論如何，那種事情都不是現在該關心的。比起單獨跟春日封閉在一起，不如大家一起被困住，一定感覺輕鬆許多吧。真是不幸中的大幸啊，還好ＳＯＳ團的團員不只我一個。

雖然只有我是正常人。

我把視線看向教室裡的時鐘，而這裡就和一年五班一樣已經變成單純的休息室了。

啊，現在不是發呆的時候，快到約定的時間了。怎麼能浪費那張好不容易得到的折價券呢？而且我也想看看她穿什麼服裝。

我急忙趕往和谷口及國木田約定好的地點，打算一塊前往有朝比奈等著的炒麵攤。

後記

由於附近的便利商店接二連三結束營業，結果害我到最近的一家便利商店也要徒步十五分鐘，半路上有一個一到冬天就會因為候鳥群集而熱鬧不已的大池塘。

明明都已經入夏了，不知道為什麼竟然還有一隻公野鴨還留在池子裡，悠哉悠哉地在水面上划著水。

我心裡想著，這隻野鴨為什麼和同伴們斷絕關係，走上孤獨的道路呢？我想像著牠在初春的某個早上，一覺醒來時發覺四周空無一人，自己就這樣被拋下來而頓時感到愕然的模樣，心中不禁產生一股不捨之情，但是我在前幾天深夜外出買東西時，看到這隻野鴨一邊在靠近池塘的河川正中央漫步一邊嘎嘎地叫著，沒來由地竟然有鬆了一口氣的感覺。原來牠只是一隻性格怪異的鴨子啊！

就如同人世間偶有沒來由地排斥團體行動的人一樣，牠一定只是鴨界中的孤僻角色而已。或許牠婉拒了邀約牠一起往北飛行的同伴，堅持「不了，我要留在這裡，沒什麼特別的理由」，而選擇脫離候鳥社會中的飛行行列。因為牠是一隻喜歡在半夜裡蹓躂的怪鴨，所以我很直覺地推斷，牠一定是隻即使孤伶伶地棲息在寬廣的池子裡也不會放在心上，擁有孤傲個性的鴨子。

我心裡這樣想著，並暗自同意自己的推論，但是後來經過調查發現，最近好像有不少進入春季之後仍然沒有北上而定居在此的候鳥，也就是說，因為來池塘邊的人都會餵食牠們，因此牠們不用擔心會沒東西可吃，住起來的感覺也很舒適。這麼說來，牠根本不是什麼脾氣古怪的傢伙，只是一隻怕麻煩又吊兒郎當的鴨子啊？我感到沮喪，甚至覺得幻想破滅，遂寫下了這篇後記，但是我想對那隻鴨子而言，這根本是不相干的事情吧？

言歸正傳，據說下一本作品是將刊載於《The Sneaker》（二〇〇三年的夏天・目前）的幾篇短文加以整合，加上一些新寫好的文章編輯而成的作品。封面的標題大概是《涼宮春日的煩悶》吧？不過可能會因為某個機緣而有所改變。因為《涼宮春日的憂鬱》是花不到三秒鐘就想出來的書名，所以根本不知道要怎麼取接下來的系列作品名，我也從來沒料到會出成一個系列，真對不起。

再換個話題，前些日子陪我打了漫長麻將的諸位，真是謝謝了。承蒙各位手下留情……不，沒什麼。

最後要向負責編輯本書的S和負責插畫的いとうのいぢ老師，還有與本書出版相關的各位，以及閱讀本書的所有讀者致上最誠摯的謝意，同時期待來日再會。

谷川　流

繼母的拖油瓶是我的前女友 1 待續

作者：紙城境介　插畫：たかやKi

在一個屋簷下展開的，
甜蜜卻又讓人焦急喊救命的戀愛喜劇！

即將升上高中的水斗與結女才剛分手，馬上以意想不到的形式重逢——爸媽再婚對象的拖油瓶，居然是前任！前情侶顧慮到爸媽的心情，說好了必須遵守「誰把對方看成異性就算輸」的「兄弟姊妹規定」，然而同住一個屋簷下，無法不注意對方的一舉一動!?

NT$220/HK$73

國家圖書館出版品預行編目資料

涼宮春日的嘆息／谷川流著；陳惠莉譯.
——初版.　——臺北市：臺灣國際角川, 2004
〔民93〕
面；　公分
譯自：涼宮ハルヒの溜息
ISBN 986-7299-20-5（平裝）

861.57　　94000546

Kadokawa
Fantastic
Novels

涼宮春日的嘆息

（原著名：涼宮ハルヒの溜息）

2005年2月15日　初版第1刷發行
2023年12月15日　初版第18刷發行

作　　者：谷川流
插　　畫：いとうのいぢ
譯　　者：陳惠莉

發 行 人：台灣角川股份有限公司
總　　監：呂慧君
總 編 輯：蔡佩芬
主　　編：林秀儒
編　　輯：黎夢萍
設計指導：陳晞叡
美術設計：莊捷寧
印　　務：李明修（主任）、張加恩（主任）、張凱棋

發 行 所：台灣角川股份有限公司
地　　址：104台北市中山區松江路223號3樓
電　　話：（02）2515-3000
傳　　真：（02）2515-0033
網　　址：www.kadokawa.com.tw
劃撥帳戶：台灣角川股份有限公司
劃撥帳號：19487412
法律顧問：有澤法律事務所
製　　版：巨茂科技印刷有限公司
ＩＳＢＮ：978-986-729-920-8